KB261356

납치여행

KIDNAP TOUR by Mitsuyo KAKUTA

가쿠다 미쓰요 장편소설

낙천여행

김난주 옮김

해냄

나는 여름 방학 첫날 유괴당했다.

집에는 아무도 없고 할 일도 없어서 뒹굴거리며 텔레비전 광고를 보고 있던 나는 새로 나온 아이스크림이 맛있어 보여서 사려고 집을 나섰다. 오카다 치과 모퉁이를 돌아 길 건너에 있는 편의점이 시야에 들어온 순간, 뒤에서 오던 자동차가 내 바로 옆에서 속도를 줄이더니 저만치서 멈춰 섰다. 운전석의 문이 열리고 어떤 남자가 얼굴을 내밀고 말을 걸었다.

"꼬마 아가씨, 안 탈래요?"

나는 그 남자를 물끄러미 쳐다보고는 어슬렁어슬렁 걸어가 조수석 문을 열었다. 차 안은 시원했다. 아이스크림 따윈 안 먹어도 좋을 정도로.

"많이 컸는데, 하루."

운전석에 앉은 남자가 말했다. 유괴범은 내 이름을 알고 있었다.

"글쎄."

나도 이 사람이 누구인지 안다. 왜냐하면 웃음이 터져 나올 만큼 커다란 선글라스를 쓴 이 남자가 바로 우리 아빠이기 때문이다.

"이 차, 어디서 난 거야?"

내가 물었다.

우리가 탄 차는 편의점 앞을 지나 가로수가 늘어선 주택가를 똑바로 달렸다. 무수한 나뭇잎이 눈이 따갑도록 반짝반짝 빛났다.

"어, 누가 준 거야."

"나 차 타는 거 무지 좋아하는데 엄마는 면허가 없잖아. 얼마 전에 사유리네 아빠가 차를 태워줬어. 참, 사유리는 우리 반 앤데 엄청 예뻐. 아무튼 걔네 집 차 타고 기분 되게 좋았어. 아빠, 나 패밀리 레스토랑 가고 싶다."

나는 조잘조잘 떠들었다. 늘 이렇다. 긴장하면 말이 넘치도록 술술 흘러나와 멈출 수가 없다. 내가 긴장한 이유는 아빠를 아주 오랜만에 보기 때문이다.

"패밀리 레스토랑에 가면 이것저것 먹을 수 있잖아. 우리 동네에도 생겼어, 큰길가에. 그래서 다들 같이 갔는데, 아, 누구랑 갔냐면 엄마랑 이모들. 알지? 아사코 이모랑 유코 이모. 하지만 그런 데는 걸어가면 좀 창피하잖아. 다들 차 타고 오니까."

"잘 들어, 하루."

빨간 신호등 앞에서 차를 세우고, 아빠가 내게로 고개를 돌렸다.

"아빠는 너를 유괴한 거야. 당분간은 집에 갈 수 없으니까, 각오해."

"응, 알았어. 어차피 오늘부터 여름 방학인걸. 별 계획도 없고."

나는 차 안을 두리번거리며 건성으로 대답했다. 뒷거울 옆에는 촌스러운 색깔의 부적이 몇 개 달려 있고, 대시보드에는 혀를 내민 곰돌이 스티커가 붙어 있었다. 대체 누가 이런 차를 준 거야.

"그럼, 얌전히 유괴당하는 거지?"

아빠가 물었다.

"응, 얌전히 유괴당해 볼게."

내 대답을 들은 아빠는 씩 웃었다.

우리 아빠는 늘 이런 식으로 장난을 친다. 진지해야 할 순간에도 바보 같은 소리만 한다. 엄마는 배탈이 나서 하얗게 질린 얼굴로 몇 번이나 화장실을 들락거리는데, "하루에게 동생이 생겼나 봐. 정말 잘됐지? 하지만 난 그런 기억이 없는데, 대체 누구 애지?" 하고 주접을 떨어서 엄마를 울린 일도 있다. 또 언젠가는 피다 만 담배꽁초를 그대로 쓰레기통에 버린 바람에 온 집안이 연기로 자욱해졌는데, 안개 연출이라면서 신이 나 엄마의 스카프를 온몸에 두르고 패션 쇼를 한답시고 호들갑을 떨다가 결국은 이들이나 엄마에게 푸대접을 받은 일도 있다.

그렇게 될 줄 뻔히 알면서도 아빠는 계속 그런 짓을 한다. 하지만 엄마에게 야단맞는 아빠가 불쌍해서 나라도 상대해 주기로 했다. 그런 장난이 재미가 있든 없든. 텔레비전도 끄고 에어컨도 끄고 나왔다. 엄마가 금방 들어올 테니까 늦게 들어가도 괜찮겠지, 하고 생각했다.

가로수 길을 다 지나자 역 앞 네거리가 보였다. 네거리는 고등학생 또래의 젊은이들로 북적거렸다. 우리가 탄 차는 역을 지나 선로와 나란히 달렸다. 낯익은 풍경이 쑥쑥 스쳐 지나갔다.

"하루, 점심 먹었니?"

"아니. 그러니까 패밀리 레스토랑에 가자구."

"그래 알았다. 이제부터 날마다 먹고 싶은 것 실컷 먹으면서 지내자."

나는 등받이에 기댄 채 큰 소리로 대답하는 아빠의 옆얼굴을 흘끔 쳐다보았다. 나는 그동안 조금도 크지 않았다. 겨우 두세 달 만에 눈에 띄도록 키가 큰다면, 정렬할 때 다른 애들처럼 뒷줄에서 앞으로 나란히 자세로 있지 예나 지금이

나 맨 앞줄에 차려 자세로 서 있을 리가 없다.

　아빠는 아마도 달리 할 말이 없어서 컸다는 둥 그런 말을
했을 것이다. 내가 배도 고프지 않으면서 패밀리 레스토랑
에 가자고 한 것처럼.

　아빠를 마지막 본 것이 장마가 시작되기 전이니까 정말
오랜만이다.

　하지만 그때도 아빠는 집에 있는지 없는지 알 수 없는 사
람이었다. 있어도 내가 잠들고 나서야 들어오고, 아침에 눈
을 뜨면 아빠는 벌써 나갔든지 아직 자고 있든지 그랬다.

　혹시 아빠가 집에 안 들어오는 거 아냐, 하고 생각하기 시
작한 것은 작년이었다.

　저녁때 엄마와 식탁에 마주 앉아,

　"아빠, 오늘도 늦게 오는 거야?"

　하고 물으면 엄마는,

　"바쁘대."

　이렇게만 대답했다.

　아침에도 안 보여서,

　"아빠는?"

　하고 물으면,

　"벌써 나갔지."

하고 대답했다.

산타클로스도 아니면서 그렇게 날마다 내가 잠든 사이에 왔다가 깨어나기도 전에 나가버리는 깃은 이상하다고 생각했다.

그래서 일요일 아침, 아래층으로 내려갔다가 간혹 잠옷 차림의 아빠와 딱 마주치기라도 하면 소스라치게 놀랐다. 그런데다 아침밥이라도 같이 먹게 되면 무슨 말을 해야 할지, 어디를 쳐다봐야 좋을지도 몰랐다. 매일 보는 사이가 아니면 그 사람이 좋으니 싫으니 얘기할 수 없다는 것도 알게 되었다. 나는 내가 아빠를 좋아하는지 싫어하는지조차 모르고 있었다.

그러다 두 달 전부터 아빠는 본격적으로 집에 들어오지 않았다. 아침저녁 때는 물론 일요일까지 아빠의 모습은 집 안 어디에도 없었다. 엄마는 아빠가 일 때문에 작업실을 빌려서 지내고 있다고 했다. 무엇이든 하고 싶은 말이 있으면 전화하라고 전화번호가 적힌 쪽지도 주었다. 물론 전화 같은 건 하지 않았다. 삼분의 일은 귀찮아서, 삼분의 일은 조금 겁이 나서, 그리고 삼분의 일은 딱히 할 말이 없어서였다. 나는 여덟 자리 번호가 적힌 조그만 종이 쪽지를 책상 서랍 안에 쑤셔 넣었다.

아빠가 사라진 후에도 우리 집은 별로 변한 게 없었다. 이렇게 말하면 아빠가 조금 불쌍하긴 하지만 진짜로 그렇다. 왜냐하면 아빠는 그전까지 집에는 별로 붙어 있지 않았고, 벌써 오래전부터 내게는 있으나마나한 사람이었으니까.

변한 것이 있다면 전보다 엄마의 일이 바빠졌다는 것과 집 안이 몇 배나 북적거린다는 것뿐이다. 그 이유는 아빠가 사라진 뒤로 엄마의 동생인 아사코 이모(31세, 독신, 미술 선생님)가 이따금 우리 집에 들렀고, 엄마의 엄마인 외할머니도 자주 놀러 오시기 때문이다. 엄마의 다른 여동생인 유코 이모(29세, 독신, 아르바이트)도 가끔 들른다. 엄마가 직장에서 늦게 돌아오는 날에는 누군가가 반드시 집에 왔고, 그러다 모두 모이는 때도 있었다.

유코 이모는 이벤트를 무척 좋아해서 별일 아닌 일도 금세 이벤트로 만들어버린다. 예를 들어 비디오 상영회. 방 안을 깜깜하게 한 뒤 좋아하는 음료수와 과자를 바닥에 늘어놓고 함께 모여 비디오를 본다. 영화를 보는 동안에는 절대 말을 하면 안 된다고 해놓고선, 늘 자기가 먼저 "저 인간이 범인 같은데"라거나 "쟤는 얼굴은 잘생겼는데 엉덩이는 별로라니까" 하고 말을 꺼낸다. 그리고 패션쇼도 한다. 흉내 내기 대회를 할 때도 있다. 흉내 내기는 아사코 이모가 일등이다. 미술 선생 따윈 집어치우고 그 길로 나서는 게 좋겠다 싶을 정도로 온갖 흉내를 잘 낸다.

그래서 가끔은 잊어버린다. 한때는 우리 집에도 아빠가 있었다는 것을. 내게도 아빠가 있었고, 그 아빠가 어떤 장난을 쳤고, 그때 엄마는 어떻게 화를 냈는지를. 아빠가 시시한 농담을 하면, 별 재미도 없으면서 어떻게 웃었는지를.

아빠는 지하 주차장에 차를 세우고 선글라스를 벗었다. 나는 아빠를 기다리지 않고 레스토랑으로 이어진 계단을 뛰어 올라갔다. 그리고 하얀 앞치마를 두르고 메뉴판을 든 언니에게 손가락 두 개를 펴 보였다.
"두 사람이요."
"네, 이쪽으로 오세요."
앞서 걸어가는 언니의 치맛단이 찰랑찰랑 흔들린다. 아빠는 내가 자리에 앉을 즈음에야 레스토랑으로 들어왔다. 레스토랑 안은 그다지 붐비지 않았다. 바로 앞 테이블에는 양복을 빼입은 남자 두 사람이 마주 앉아 있고, 저 멀리 커다란 테이블에서는 머리카락을 색색으로 물들인 사람들이 심각하게 얘기를 나누고 있었다. 아빠는 내 앞에 앉아서 물수건으로 꼼꼼하게 손을 닦고 얼굴과 목까지 닦았다. 중년 아저씨 같다고 생각했지만 말은 하지 않았다. 아무래도 오랜만에 만나다 보니 이런저런 신경을 쓰게 되는 것이다.
커다란 메뉴판을 펼치고 음식을 고른다. 방금 전만 해도 별로 배가 고프지 않았는데, 메뉴판을 꽉 채운 음식 사진들을 보고 있자니 이것저것 먹고 싶어진다.

나는 음식 사진이 빼곡히 실린 패밀리 레스토랑의 메뉴판을 무척 좋아한다. 뭐랄까, 모든 일이 순조롭게 풀릴 듯한 기분이 들어서다. 겁나고 걱정되는 일들이 알록달록한 음식 사진에 쓰윽 빨려 들어갈 것 같은 느낌. 음식 사진을 하나하나 천천히 살펴본다.

"나는 햄버거 세트하고 맥주. 이따가 언니가 주문 받으러 오면 대신 시켜줄래? 하루 너도 먹고 싶은 게 있으면 마음껏 시키고."

아빠가 자리에서 일어났다.

"어디 가?"

"엄마한테 전화 좀 하고 올게."

"왜?"

"아빠가 너를 유괴했다고 말해야지. 그리고 조건도 얘기하고."

"조건이 뭔데?"

"애를 돌려받고 싶으면 이렇게 저렇게 해라, 뭐 그런 거 말이야."

아빠가 당당하게 가슴을 펴고 당연하다는 듯이 말했다. 유괴 놀이가 아직도 계속되고 있는 모양이다.

“있지 아빠, 엄마는 지금 집에 없어. 오늘이 쉬는 날이긴 한데, 아사코 이모랑 같이 바겐세일에 갔거든.”

내가 알려주자 아빠는 콰당 하고 다시 자리에 앉았다. 나는 얼른 메뉴판에 얼굴을 묻었다.

“그리고 그런 장난이 엄마한테 통할 리 없잖아. 또 화만 낼걸? 아무리 농담이라도 그렇지, 우리 집에 돈이 없다는 것쯤은 잘 알 텐데.”

“돈을 요구할 거라는 얘기는 아직 안 했어.”

아까 우리를 자리로 안내해 줬던 언니가 주문을 받으러 온다. 나는 한참을 고민하다 새우 튀김 세트와 딸기 바바루아를 주문했다. 언니는 주문을 받고 메뉴판을 가져갔다.

그냥 두고 가지. 그러면 처음부터 다시 사진 구경도 하고, 밥을 먹다가 대화가 막히고 어색해지면 메뉴를 살펴보면서 고르는 흉내라도 낼 수 있을 텐데.

하얀 앞치마를 두른 언니가 가버린 순간, 우리 테이블은 조용해졌다. 두 손을 허벅지 밑에 밀어 넣고 허공에다 다리를 흔들며 무슨 말을 하면 좋을지 생각했다. 그럴싸한 애깃거리가 떠오르지 않았다. 아빠도 입을 꾹 다문 채 담배를 찾는지 주머니를 뒤지고 있다.

“점심 먹기 조금 전에 아사코 이모가 왔었는데.”

겨우 애깃거리가 생각나, 담뱃갑에서 담배를 꺼내는 아

빠의 손가락을 바라보며 입을 열었다. 길쭉하고 약간은 거무스름한 손가락이다.

"나보고도 같이 가자는걸, 엄마랑 이모는 원래 그런 데 한 번 가면 시간 가는 줄 모르잖아. 내 옷 구경은 잠시뿐이고, 그 다음은 줄곧 잠깐만 기다리라고 해놓고 다른 매장만 실컷 돌아다니다가 다시 맨 처음 갔던 매장으로 돌아가잖아. 그거 가을에 하는 마라톤 대회만큼이나 힘들거든."

"나도 네 엄마하고 이모하고 같이 쇼핑 가는 건 싫더라."

담배 연기 너머로 아빠가 말한다. 언니가 맥주를 가져왔다. 아빠가 맥주를 맛있게 들이켰다.

"아사코 이모가 갖고 싶은 거 있으면 사다 준다고 해서, 그냥 부탁했어."

"어떤 건데?"

"원피스. 소매 없는 에이라인에 샛노란 해바라기 무늬가 큼지막하게 프린트돼 있는 거."

"너무 어른스럽지 않니?"

"정말 그런 게 있는지는 나도 몰라. 그냥 머릿속으로 상상하면서 그런 원피스가 있었으면 좋겠다고 생각했을 뿐이니까. 아무리 찾아도 없을지 모르지."

아아. 애깃거리가 바닥나버렸다. 이제 또 무슨 말을 해야 할까 하고 생각하는데 아빠가 말을 꺼냈다.

"앞으로 갈 길이 머니까, 어디서 그런 옷 보면 아빠가 사줄게. 그리고 너 지금 갈아입을 옷하고 양말, 수영복 같은 거 없지? 필요한 거 있으면 말해."

아빠는 그렇게 말하더니 담뱃불을 끄고, 너무 비싼 건 사줄 수 없지만, 하고 작은 소리로 덧붙였다.

햄버거 세트가 먼저 나왔다. 아빠가 음식을 먹기 시작하자 다시 조용해졌다. 나는 턱을 괴고 창밖을 내다보았다.

유리 문 너머에서는 직선으로 내리쬐는 태양 빛이 사방에 부딪혀 빛나고 있다. 차창이 하얗게 빛나는 차들이 줄지어 달려가고, 내 또래 여자애들이 수영 가방을 빙빙 돌리며 길을 걷고 있다. 여름 방학이 시작되면, 어제와 하나도 다를 게 없는데도 왠지 거리 전체가 달라 보인다. 햇살도 어제보다 강렬하고, 나무들도 어제보다 짙푸르고, 거리 전체가 소풍 전날처럼 들떠 보인다. 나는 수프를 먹고 있는 아빠에게 물었다.

"아빠, 우리 어디 갈 건데?"

"어디든 상관없어."

아빠도 수프 접시에서 얼굴을 들고 나를 본다.

"그러니까 지금부터 오랫동안 도망 다녀야 하니까 어디든 갈 수 있다는 얘기야. 바다에 가고 싶으면 바다에 갈 수도 있고, 산으로 갈 수도 있고, 그냥 무작정 떠돌아다닐 수도 있고. 하지만 이 근처는 안 돼. 여기서 어정거리다가 엄마나 이모하고 마주칠 수도 있잖아."

내가 시킨 음식이 나왔다. 아빠는 말없이 음식 접시를 늘어놓는 점원 언니의 손을 바라보고 있었다.

"왜 도망가는데?"

언니가 가기를 기다렸다가 내가 물었다.

"좀 전에 아빠가 너를 유괴했다고 했잖아. 그러니까 잡히지 않게 도망 다니는 거지. 너, 남이 하는 말을 잘 듣지 않는구나. 학교에서 주의가 산만하다는 소리 듣는 거 아니니?"

그 말을 듣고 발끈한 나는 쌀쌀맞은 목소리로 말했다.

"아빠, 이제 그만하면 안 돼? 유괴 놀이, 하나도 재미없다."

'그렇게 집요하다는 건 중년 아저씨가 됐다는 증거야'라는 말도 해주고 싶었지만, 그럴 만큼 친해진 것은 아니어서 그만두었다.

"장난 아니야."

아빠가 내 눈을 쳐다보며 그렇게 말했다. 의자에 앉은 채 몇 센티미터 뒤로 물러날 만큼 심각한 표정이었다. 할 수 없군, 그냥 놀아주지 뭐, 하고 속으로 생각했다. 나는 물론 이것이 아빠의 장난이라고 믿었고, 내일이나 모레쯤이면 집에 갈 수 있을 것이라고 생각했다. 그래서 어디서 해바라기 무늬가 있는 원피스가 눈에 띈다 해도 아빠에게 사달라고 할 마음은 없었다. 집에 돌아가면 분명 내가 원하는 것과 똑같은 원피스가, 아니 조금은 다르더라도 아사코 이모가 골라 준 멋진 원피스가 나를 기다리고 있을 테니까.

어느 틈에 손님이 늘어났는지 사방이 시끌시끌했다. 나와 아빠가 떠들지 않아도 주위에서 들려오는 웃음소리와 말소리가 우리 테이블 주위로 나직하고 조심스럽게 흩어졌다. 나는 가끔씩 고개를 들고 반 정도 남아 있는 맥주잔 너머로 아빠를 바라보았다. 아빠는 등을 구부리고 접시에 코를 박은 채 음식을 먹고 있다. 엄마가 그 때문에 늘 화를 내던 자세다.

'아직도 고쳐지지 않았군.'

누런색 액체 너머에서 마치 숙제를 하는 남자애처럼 진지한 표정으로 햄버거를 입에 넣는 아빠의 얼굴이 흔들린다.

언니가 빈 접시를 전부 치워 가고 대신 딸기 바바루아를 들고 왔다.

"지금쯤은 왔겠지."

혼잣말처럼 중얼거리더니 아빠가 자리에서 일어났다. 스푼을 다른 손으로 옮겨 잡고, 멀어지는 아빠의 뒷모습을 바라보았다. 하얀 셔츠가 사람들로 가득한 테이블 사이를 요리조리 헤치면서 계산대 앞에 있는 공중전화로 간다. 카드를 집어넣고 수화기를 귀에 댄 채 등을 돌린다. 갑자기 가슴이 두근거렸다. 저만치 앞에서 움직이지 않는 하얀 셔츠가 전혀 낯선 사람의 등처럼 느껴졌다. '정말 이대로 집에 못 가게 되면 어쩌지?' 문득 그런 생각이 가슴을 스쳤다.

"엄마 집에 있었어?"

자리로 돌아온 아빠에게 물었다.

"역시 이쪽 요구는 들어주지 않더군. 할 수 없지. 지금부터 나랑 같이 가는 거다."

아빠는 그런 말을 하면서 웃지 않았다.

"요구 조건이 뭔데?"

"그건 비밀이야."

아빠는 그때서야 처음으로 웃었다. 그 모습에 마음이 놓인다.

"내가 부탁한 원피스는 있었대?"

"있든 없든 이제 상관없잖아? 어차피 집에는 못 갈 테니까."

아빠는 그렇게 말하고 구겨진 담뱃갑에서 담배를 꺼냈다.

패밀리 레스토랑에서 나와 다시 차에 탔을 때에는 태양의 위치가 한참이나 기울어 있었다. 그래도 아직 하늘은 높고 태양도 하얗게 빛나고 있다. 차가 주차장을 빠져나왔을 때 내가 물었다.

"어디 가는데?"

"어디가 좋을까?"

아빠는 애매한 목소리로 되묻기만 한다.

차 안은 시원하면서도 조용했다. 대시보드에 붙어 있는 곰돌이 스티커를 바라보며 생각에 잠긴다. '아빠, 지금까지 어디에 있었어?' 하고 물으면 이상할까?

'이제 다시는 집에 안 들어올 거야?'라고 묻는 것도 좀 어색하다. 머릿속에 잇달아 떠오르는 생각들이 가느다란 실처럼 뒤엉켜 결국은 아무 말도 하지 못한다. 아빠가 한 손으로 테이프를 틀었다. 내가 모르는 노래가 흘러나왔다. 시끄럽다. 아마도 영어 노래인 것 같다.

"하루, 넌 어디로 가고 싶니? 산? 바다? 온천? 아니면 목장?"

아빠가 노랫소리에 지지 않으려고 큰 소리로 내게 물었다.

"꼭 그중에서 골라야 되는 거야?"

나도 목청을 높인다. 아빠가 담배를 입으로 가져갔다.

"아니, 다른 데도 괜찮아."

"그럼 마스페에 가고 싶어."

"뭐?"

"마스페 말야, 마크 & 스펜서!"

마크 & 스펜서는 우리 집에서 제일 가까운 역에서 전철로

10분 정도 떨어진 곳에 새로 생긴 대형 백화점이다. 다들 줄여서 마스페라고 부른다.

솔직히 말하면 별로 가고 싶은 건 아닌데, 그곳에 있다 보면 오늘 안에 집에 갈 수 있을 것이라고 생각했기 때문이다.

"그게 누군데?"

아빠가 물어서, 나는 마스페에 대해서 설명했다. 아빠는 그 유명한 마스페를 모른다. 주위에 모르는 사람이 없을 정도로 큰 백화점인데. 역시 백화점이 생기기 전부터 집에 없었던 것이다. 나는 마스페의 오픈 세일에 엄마와 아사코 이모 그렇게 셋이서 갔다.

"그래? 잘됐구나. 쇼핑도 해야 되니까. 하루, 너 필요한 거 뭐 있는지 생각해 둬."

그러고는 담배 연기를 내뿜었다. 차 안이 뿌옇게 흐려지면서 오랜만에 맡아보는 냄새로 가득해진다.

태양이 천천히 오렌지색으로 변할 즈음, 차는 백화점 주차장에 도착했다. 우리는 차에서 내려 전용 엘리베이터를 타고 백화점 안으로 들어갔다. 잰 걸음으로 걷는 아빠를 뒤쫓아 걸었다. 아빠는 화장품과 액세서리 매장 사이를 쑥쑥 빠져나가 에스컬레이터에 오른다. 오픈 세일 때에 비하면 백화점 안은 한산했다. 바닥도 벽도 천장도 전부 하얗다. 2층, 3층……. 에스컬레이터를 타고 올라가는 동안, 꿈속에서 모르는 건물을 탐험하는 듯한 느낌이 든다.

아빠는 어린이 용품 매장이 있는 층에서 내렸다.

"뭐가 필요하니?"

"글쎄."

나는 앞장서서 새하얀 바닥 위를 걷기 시작했다. 유아 용품 매장 앞에서 조그만 남자애가 앙앙거리고 울고 있다. 얼굴이 새빨갛다. 매장 안에서 남자애의 엄마인 듯한 여자가 새하얀 솜 뭉치 같은 아기를 안고 서 있다. 드레스가 잔뜩 걸려 있는 조용한 매장에서는 머리가 긴 여자애가 엄마와 함께 옷 한 벌을 보고 있다. 하얀 레이스에 연분홍 구슬이 달린 드레스다. 피아노 발표회라도 하나?

'나도 피아노를 계속했더라면 저런 드레스를 입을 수 있었을 텐데.'

이번엔 내 귀보다 작은 신발이 진열된 매장 앞을 지나간다. 그 안쪽에 있는 게임 매장을 발견한 순간, 내 걸음은 빨라졌다. 쇼윈도에 게임 팩이 가득하다. 나는 진열장 유리에 얼굴을 바짝 대고 예전부터 갖고 싶었던 게임을 찾았다. 4월에 발매된 게임 소프트다. 지금 내게 뭐가 필요하냐고 묻는다면 이것밖에는 생각나지 않는다. 2주일이나 졸랐는데도 엄마는 끝내 사주지 않았다.

"저거! 아빠 나 저거 갖고 싶어."

내 말을 들은 아빠는 기가 차다는 듯이 얼굴을 찡그렸다.

"하루, 크리스마스 선물을 고르러 온 게 아니란 거 알지? 그리고 있어봐야 소용없잖아. 게임기도 없는데."

"그래도 이거 말고는 필요한 게 없단 말이야. 게임기는 집에 있어."

아빠는 일부러 긴 한숨을 내쉬고 내 팔을 잡아끌었다. 나는 순순히 끌려갔다. 아빠가 나를 데리고 간 곳은 아동복 매장이었다.

"어서 오세요."

똑같은 앞치마를 두른 여자들이 동시에 외쳤다. 이왕 사는 거 아까 본 청초하고 비일상적인 드레스를 사고 싶은데, 드레스 같은 건 하나도 없다. 청바지와 티셔츠만 잔뜩 널려 있는 그렇고 그런 매장이다. 아빠는 나를 매장 안으로 밀어넣으려는 듯 등을 쿡 찌르면서 낮은 목소리로 말했다.

"일단 두세 벌 정도 마음에 드는 거 골라봐."

돌아보고 아빠에게 뭐라고 말을 하려는데, 인상을 찌푸리면서 덧붙인다.

"그리고 너무 비싼 건 피해줬으면 좋겠다."

할 수 없이 매장 안으로 들어가 바로 옆에 있는 진열대를 살펴본다. 흘끔 돌아보자 아빠는 입구에서 팔짱을 끼고 이쪽을 보고 있다. 대체 무슨 속셈인지, 그리고 이 유괴 놀이가 언제까지 계속될 건지 알 수 없었지만, 뭐 어떻게든 되겠지 싶은 마음으로 옷을 구경했다.

체크 무늬 블라우스. 영어가 프린트된 티셔츠. 청치마. 아무 무늬 없는 점퍼스커트. 감이 부드러운 반바지.

오래 전, 그때도 지금처럼 아빠와 백화점에 왔었다. 내가 네 살 때의 일이다. 아빠는 장난감 매장이 있는 층으로 나를 데려가, 뭐든 좋으니까 제일 갖고 싶은 걸 고르라고 말했다. 아빠는 매장 구석에 서서 한 시간 넘게 이것저것 살피고 고르는 나를 기다렸다. 드디어 내 키보다 더 큰 곰 인형을 고르고 아빠를 부르러 가자, 아빠는 곰 인형을 뒤집어서 가격을 살펴보더니 거의 울먹이듯이 말했다.

"아, 안 되겠다. 이렇게 비싼 건 못 사줘. 미안하다 하루, 아빠는 가난하거든."

실망한 내가 고개를 푹 숙이자, 내려다보던 아빠는 큰 비밀이라도 가르쳐주듯 속삭였다.

"하지만 산타 할아버지라면 사줄지도 모르지."

다음날 아침에 눈을 떠보니 머리맡에 내가 고른 곰 인형이 있었다. 그날이 바로 크리스마스였던 것이다. 산타클로스 따윈 없다는 거 다 알고 있는데.

옷걸이에 걸려 있거나 진열대에 쌓여 있는 옷을 하나씩 구경하면서, 그럭저럭 몇 벌을 골랐다.

괜히 짜증이 났다. 아빠가 별 재미도 없는 유괴 놀이를 계속하려 해서도, 게임 소프트를 사주지 않아서도 아니었다. 이유는 모르겠지만 아무튼 짜증이 났다. 나는 꼼꼼히 옷의 가격을 확인했다. 디자인이나 색상이 마음에 안 들어도 이 가운데서 제일 비싼 걸 사기로 마음먹었다.

나는 네 벌의 옷을 골랐다. 이상하게도 값이 비쌀수록 디자인이 괴상한 것들뿐이었다. 온갖 색의 물감을 마구 흩뿌려놓은 듯한 헐렁한 티셔츠. 여기저기 주머니가 달린 역시 헐렁한 칠부 바지. 다양한 옷감을 덕지덕지 이어 붙인 청바지. 엄마가 만들다 망친 패치워크가 생각나는 알록달록한 셔츠. 모두 다 내가 입어본 적이 없는 옷들, 다시 말해 엄마라면 절대로 사주지 않을 것들뿐이다. 엄마는 내게 여자다워 보이는 옷만 입히려 한다. 내 옷은 대부분 차분한 단색이다. 기껏해야 체크 무늬 정도? 색깔이나 디자인이 화려한 건 천박해 보인다는 이유로 사주지 않는다. 엄마는 옷이란 그 사람의 개성과는 상관없이 무난하면 그만이라고 굳게 믿고 있다.

내가 고른 옷을 건네자 아빠는 그것들을 가지고 계산대로 갔다. 천박한 옷을 입은 나를 상상하니까 아까의 짜증이 조금은 가시는 듯했다.

그리고 아빠는 여행 용품 매장으로 갔다. 칫솔과 수건, 휴

대용 세탁 용품 세트, 빗과 면도기 같은 것들을 하나씩 골라 바구니에 던져 넣는다. 아빠가 쓸 커다란 가방과 내가 멜 작은 배낭까지 고른다. 그쯤 되자 사태가 심상치 않다는 생각이 들기 시작했다. 어쩌면 정말 집에 못 갈지도, 아빠가 나를 데리고 어디론가 도망쳐버릴지도 모른다. 점원이 계산대에 올려놓은 장바구니에서 물건을 꺼내 바코드를 찍는 소리가 삑삑 하고 울릴 때마다 나는 가슴이 두근거렸다.

'하지만 왜?'

자기 딸을 유괴해서 무슨 좋은 일이 있다고.

'오늘로 끝날 거야. 오늘만 어디서 자고, 내일이면 집에 돌아갈 수 있겠지. 아까 산 옷은 선물일 거야.'

이렇게 속으로 중얼거려보지만, 가슴은 더욱 방망이질 친다.

쇼핑한 물건을 전부 차 트렁크에 집어넣고, 아빠가 운전하는 차는 땅거미가 지는 도로를 달리기 시작했다. 길 저 건너편에 늘어선 빌딩 사이로 오렌지색 태양이 서서히 저물어 간다. 건물 그림자 때문에 삐죽빼죽해진 지평선이 분홍색으로 엷게 물들어 있다. 차는 그 분홍색을 향해 똑바로 나아갔다. 마크&스펜서가 자동차 옆거울 속에서 점점 작아지다가 끝내 사라져버렸다. 길 양 옆으로 보이는 거리는 학원, 비디오 대여점, 국수 가게 등이 늘어선 어디서나 볼 수 있는 풍경이지만 내가 아는 장소는 아니다. 내가 아는 곳은 옆거울 속에서 저 뒤로 자꾸자꾸 멀어진다. 더럭 겁이 난다. 피아노 학원에서 돌아오다가 길을 잃어버렸던 때가 생각났다. 그때 느꼈던 불안이 가슴속에 되살아난다. 아빠가 틀어놓은 테이프의 한 면이 끝난 틈을 타, 일부러 태연한 척 퉁명스럽게 물었다. 지금의 불안한 심정을 아빠에게 들키고 싶지 않아서다. 그러면 억울할 테니까.

"아무튼 오늘은 집에 못 간다는 거지? 어디 다른 데서 잔다는 말이지?"

"그렇게 되겠지."

태평한 목소리로 아빠가 대답했다. 왠지 화가 울컥 치민다.

"그건 알겠는데, 싸구려 티 나는 데선 자기 싫으니까 럭셔리한 곳으로 가. 엄청 큰 샹들리에랑 푹신푹신한 카펫은 기본. 목욕탕에는 산소 마사지 욕조가 설치돼 있고, 집사가 은 쟁반에 아침 식사를 받쳐 들고 오는 정도라면 기꺼이 자주지."

아빠가 내 얼굴을 힐끔 보더니 감탄스럽다는 듯이 말한다.

"하루 너 참 별걸 다 아는구나. 세상에 집사가 있는 호텔도 있나?"

아빠는 테이프를 뒤집어 넣고는 말문을 닫았다.

도시의 불빛이 점점 사라진다. 헤드라이트 불빛에 보이는 것은 도로를 뒤덮을 정도로 늘어선 나무와 잠에 빠져버린 듯한 집들뿐이다. 본격적으로 불안해진 나는 더 이상 아무 말도 하지 않는다. 영어로 꽥꽥거리는 듯한 노랫소리만 계속 흘러나온다. 목적지가 있는 건지 없는 건지, 아빠는 핸들을 왼쪽으로 틀었다가 오른쪽으로 틀었다가 한다. 여기서 혼자 내리라고 하면 나는 영영 집으로는 못 돌아가겠지.

불안해서 죽겠는데 한편으로는 학예회가 시작되기 직전처럼 설레는 느낌도 있었다.

차가 점점 속도를 줄이다가 낡아 칠이 벗겨진 간판을 쓰윽 비추고는, 방향을 돌리더니 자갈이 깔린 주차장에 멈춘다. 라이트 빛이 여관의 간판을 비췄다. 이 주차장 앞에 있는 여관이 오늘 밤 묵을 숙소인 것 같다. 장난이 아니다. 주차장 건너편의 어둠 속에 희미하게 떠오른 여관은 샹들리에는커녕 푹신푹신한 카펫과도 전혀 무관한 작고 꾀죄죄한 여관이었다.

"아빠, 여기가 어디야?"

내가 물었지만 아빠는 아무 말 없이 키를 뽑아 들고 차에서 내려 트렁크의 짐을 챙기기 시작했다. 나도 서둘러 아빠의 뒤를 따랐다.

"여기서 자는 거야? 산소 마사지기는? 은 쟁반에 차린 아침 식사는?"

아빠는 아무 대답 없이 낡아빠진 건물을 향해 걸어간다. 2층짜리 목조 건물이다. 간판의 불빛은 언제 꺼져버릴지 불안할 만큼 퍼떡거렸다. 주위를 둘러보아도 불이 들어왔다 나갔다 하는 간판을 빼고는 가로등조차 없다. 사방은 어둠에 녹아들어 무엇이 있는지조차 전혀 알 수 없었다. 나는 아빠의 뒤를 조심스레 따라갔다. 아빠가 귀신이라도 튀어나올 것처럼 어두침침하고 낡은 여관 문을 힘차게 열었다.

다행히 건물 안이 그나마 밝아 안심이었다. 적어도 유령의 출몰 때문에 잠을 설칠 것 같지는 않았다. 아빠가 프런트 직원과 얘기하는 동안, 나는 슬리퍼를 신고 주위를 둘러보았다. 프런트가 가운데 있고, 그 왼쪽으로는 문들이 줄지어 있고 오른쪽에는 식당이 있다. 텅 빈 식당에 텔레비전이 켜져 있었다. 식당 입구에 설치된 커다란 어항에는 물고기 두 마리가 더러운 물 속에서 입을 뻐끔거리고 있다.

2층 방으로 안내를 받자마자 아빠는 전화를 걸러 나갔다. 달리 할 일이 없는 나는 빛바랜 커튼을 열었다 닫았다, 냉장고 문도 열었다 닫았다, 다 망가져가는 서랍장도 열었다 닫았다 하며 방 안에 있는 열었다 닫았다 할 수 있는 모든 것들이 제대로 움직이는지 살펴보았다. 하지만 재미있는 것이라곤 하나도 없었다. 유리창 밖에는 칙칙한 회색 건물 벽만 보이고, 냉장고 안에는 내가 모르는 신기한 음료수도 없다.

옷장 안에도 유카타가 몇 벌 걸려 있을 뿐이다.

할 수 없이 바닥에 앉아 텔레비전을 켰다. 채널을 돌려가며 엄마와 함께 보던 프로그램을 찾는다. 눈에 익은 시회자와 탤런트들이 화면에 나타나자 왠지 모르게 마음이 놓였다. 아빠는 아직도 돌아오지 않는다. 정말 나를 인질로 잡고 엄마랑 협상을 벌이고 있는 것일까? 나는 정말 아빠에게 유괴된 걸까?

그날 밤은 아빠와 함께 이불을 나란히 펴고 잤다. 이불에서는 쾨쾨한 냄새가 났다.

"어떻게 됐어?"

방으로 돌아온 아빠에게 물었다.

"음."

떨떠름한 표정이다.

"엄마가 뭐래?"

"음."

"엄마 화 무지 많이 났지?"

"음."

웅얼거리듯 똑같은 대답만 되돌아온다.

"하루, 너 엄마가 만들어주는 음식 중에서 뭐가 제일 맛있니?"

내가 잠이 쏟아져 꾸벅거릴 즈음에 갑자기 아빠가 물었

다. 스탠드의 주황색 불빛 아래서 작은 목소리가 방 전체로 천천히 퍼져 나가는 것 같았다.

"지라시즈시랑 미트로프."

단박에 대답했다. 그렇게 말해 놓고 보니 갑자기 배가 고파왔다. 지라시즈시도 미트로프도 요즘은 구경도 못했다.

"아아, 미트로프, 맛있지. 그래도 나는 크로켓이 더 맛있던데. 네 엄마가 만들어주는 크로켓만큼 맛있는 건 세상 어디에도 없거든. 그리고 여름에는 시원한 완탕이 최고지."

"나는 시원한 완탕보다 크림 스파게티. 그리고 특제 김치 그라탱."

"그런 건 애들이나 좋아하는 거고, 아빠는 어른이니까 둘 다 별로다. 문어하고 토마토를 넣은 샐러드도 맛있었고, 바삭바삭하게 튀긴 닭 날개도 먹고 싶다. 닭튀김에는 역시 후추를 약간 쳐야 맛있지."

아빠는 어둠 속에서 엄마가 자신 있어 하는 메뉴를 하나하나 들면서 한참이나 감상을 늘어놓았다. 나는 머리 위에서 빛나는 작은 주황색 불빛을 보면서 아빠의 주절거리는 소리를 듣고 있었다.

요즘 들어 엄마는 옛날만큼 음식을 만들지 않는다. 엄마가 만든 미트로프와 바삭바삭한 튀김이 맛있다는 건 알지만 어떤 맛이었는지는 잘 기억 나지 않는다. 일하느라 바쁘니까 어쩔 수 없다. 그리고 나는 백화점에서 사온 반찬들도 잘 먹는 편인데다, 아사코 이모가 가끔씩 만들어주는 반찬도 좋아한다. 물론 우선 순위를 매긴다면 제일 좋아하는 건 뭐니뭐니 해도 미트로프와 지라시즈시지만.

"멸치하고 유부 섞어서 만든 영양밥도 술안주로 꽤 괜찮았는데."

아빠는 내가 듣든지 말든지 계속 주절거린다. 영양밥이든 특제 스파게티든 요즘은 구경도 못했다는 말을 차마 아빠에게 할 수가 없다. 그래서 나는 머리에 떠오르는 대로 마구 떠들어댄다.

"폭탄 주먹밥 구이 알아? 엄청 큰 주먹밥을 구운 건데, 속에 갖가지 재료가 들어 있어. 그것도 얼마나 맛있는데."

갑자기 대화가 끊어진다 싶었는데, 아빠가 누워 있는 쪽에서 꾸르륵 하고 동물이 우는 듯한 소리가 났다. 나는 웃음을 터뜨렸다. 아빠도 덩달아 웃었다.

엄마가 만든 모든 음식이 실려 있는 메뉴판이 있다면 좋을 텐데. 패밀리 레스토랑의 메뉴판처럼 커다랗고 번쩍거리고 사진도 들어 있는 그런 메뉴판이. 만약 그런 게 있다면 당장 일어나서 불을 켜고, 쾨쾨한 냄새가 나는 이불 위에 그걸 펼쳐놓고 아빠와 함께 처음부터 끝까지 들여다볼 텐데. 근심 걱정 하나 없이 모든 일이 잘 풀릴 듯한 기분이 들 텐데. 그런 생각을 하자 눈물이 날 것 같았다.

'울면 안 돼.'

나는 이불을 푹 뒤집어쓰고 쾨쾨한 냄새를 가슴 가득 들이마셨다.

다음날 아침, 물론 은 쟁반에 아침 식사를 받쳐 든 집사가 우리를 깨우러 올 리는 없었다. 대신 점심 시간에 울리는 교내 방송처럼 스피커에서 흘러나오는 찢어지는 목소리가 우리를 깨웠다.

"아침 식사 시간입니다. 식사를 하실 분께서는 식당으로 와주십시오. 아침 식사 시간입니다."

빨간색 커튼이 분홍빛으로 물들어 있고, 군데군데 벌레 먹은 것처럼 뚫린 구멍으로 가느다란 띠 모양의 아침 햇살이 스며들었다. 나는 자리에서 일어나 이불을 개고 어제 아빠가 사준 천박한 옷을 입었다. 빨강색과 노랑색이 어지럽게 튄 티셔츠와 주머니로 뒤덮인 헐렁한 바지. 전신 거울에 머리끝에서 발끝까지 내 모습을 비춰보고(옷에 파묻힌 것처럼 이상했다) 욕실에서 세수를 한다. 욕실 밖으로 고개를 내밀고 보니 아빠는 윗몸만 일으킨 채 이불 위에서 반쯤 눈을 감고 가만히 앉아 있다. 머리카락은 엉망으로 뻗어 있고 안색도 파리한 게 좀비 같았다. 커튼을 걷고 텔레비전을 켜도 아빠는 통 움직이지를 않는다.

"아빠, 밥 먹으래."

내가 세 번이나 말한 후에야 아빠는 겨우 자리에서 일어났다. 그리고 나를 본 척 만 척 몽유병에 걸린 곰처럼 멍한 모습으로 방에서 나갔다.

식당에서는 몇 사람이 아침을 먹고 있었다. 허름한 여관에 어울리지 않게 멋을 부린 여자 세 명에 금발과 갈색으로 머리를 물들인 커플, 그리고 새하얗게 머리가 센 노부부가 두 쌍이다. 식당의 한쪽은 전면이 유리창이어서 금빛 햇살이 눈부실 정도로 환하게 비치고 있었다. 창문 밖에서도 잎사귀가 무성한 나무가 반짝반짝 빛나고 있었다.

아빠는 새집 같은 머리로 내 맞은편에 앉아 허공을 바라보며 나무젓가락을 뜯었다. 금발과 갈색 머리의 커플이 이쪽을 흘끔거리며 보고 있다. 저 사람들 눈에 우리 모습이 어떻게 보일까?

병상에서 막 일어난 곰처럼 멍한 얼굴로 된장국을 마시는 남자와 알록달록한 셔츠에 그에 못지않게 튀는 바지를 입은 어린 여자애. 어떻게 생각하든 상관없지만, 뻗친 머리에 계란 하나조차 제대로 깨지 못해서 테이블에 흰자를 질질 흘리는 칠칠맞은 남자를 우리 아빠로 보는 건 싫다. 아침에는 원래 이렇게 추했었나? 나는 될 수 있는 한 못 본 척하면서 계란을 깨고 젓가락으로 밥을 떠먹었다.

아빠가 겨우 평상 모드로 돌아온 건 아침밥을 다 먹고, 로비의 소파에 앉아 캔 커피를 마실 때부터였다.

"오늘의 일정을 발표하겠다."

운동팀의 주장처럼 엄숙한 말투다.

"일정이란 게 있었어?"

"있어. 일단은 차를 돌려주러 간다. 그리고 기차를 타고 바다에 갈 거야. 오늘 저녁에는 바다다."

어제는 어디로 가야 하나, 하고 미덥지 않은 소리를 한 주제에. 바다에 간다는 말을 듣자마자 사실은 당장이라도 바다에 뛰어들고 싶은 기분이 들었지만, 그렇다고 너무 쉽게 오케이 하기도 왠지 억울한 기분이다.

"차를 돌려준다니 그게 무슨 말이야? 누구한테 주는 건데? 그거 받은 거라며? 그리고 바다에 간다고 아빠 맘대로 정한 것 같은데, 선택권은 나한테 있는 거 아니었어?"

"미안하지만 너는 백화점 같은 데만 좋아하니까 내 마음대로 정했다. 선택권은 네게도 조금은 있지만 주도권은 내가 쥐고 있다는 걸 잊지 마라."

아빠는 만화 영화에 등장하는 악당 같은 말투로 선언하고, 소파에서 일어나 흐트러진 유카타 자락을 펄럭이며 빠른 걸음으로 방을 향했다. 솔직히 말하면 나는 마음이 설렜

다. 만약 아무도 보는 사람이 없었더라면 복도를 뛰어다니
며 춤이라도 춰서 마음을 진정시키고 싶을 정도였다. 앞으
로 성큼성큼 걸어가는 아빠의 등에다 대고 나는 소리쳤다.
　"어이, 유괴범! 어딜 가든 상관은 없지만, 같이 다니기가
창피하니까 그 꼴 보기 싫은 머리는 어떻게 좀 하고 방에서
나오셔!"
　아빠는 그러는 나를 획 돌아보고는 당황한 얼굴로 입술에
손가락을 갖다 댔다.
　"쉿!"

　양 옆으로 산이 우뚝 서 있는 좁고 구불구불한 길을 한 시
간 정도 달렸다. 왼편으로 유료 낚시터의 사무실이 보이자
아빠는 주차장에 차를 세웠다.
　"차 돌려주고 올게."
　그 말만 남기고 아빠는 차에서 내렸다. 나도 짐을 챙겨 조
수석에서 내렸다. 아빠가 낚시터 사무실의 유리 문 안으로
들어가자, 나는 주차장에 쪼그리고 앉아 조약돌을 가지고
놀았다.
　사방이 조용했다. 내가 던진 조약돌이 자갈에 부딪혀 나
는 소리만 울렸다. 고개를 들어 유리 문을 쳐다본다. 안은
어두워서 보이지 않고, 앉아 있는 내 모습만 흐리게 비쳤다.

자갈을 만지작거리던 손을 멈추자 더 조용해졌다. 바람이 나뭇잎을 흔들며 주위를 쓸고 지나가는 듯한 희미한 소리가 들려온다. 갑자기 불안해진 내가 일어나 아빠를 부르러 가려는 순간, 유리 문이 열리고 아빠가 나왔다. 그리고 야구 모자를 쓴 키 큰 사람이 아빠 뒤에서 따라 나왔다. 아빠보다 훨씬 어려 보였지만 어린애는 아니었다.

"안녕하세요? 간바야시라고 합니다."

그 사람은 이렇게 말하며 정중하게 고개를 숙였다. 나를 어린애 취급하지 않는 사람을 만나다니, 정말 오랜만이었다. 당황한 나는 로봇처럼 어색하게 고개만 숙였을 뿐, 이름 조차 말하지 못했다.

아빠와 간바야시 씨는 차로 다가가 이야기를 주고받았다. 나는 그 자리에 서서 두 사람의 뒷모습을 바라보았다. 두 사람은 하늘을 향해 두 팔을 한껏 벌린 나무들에 에워싸여, 서로 쿡쿡 찌르기도 하고 어깨를 치기도 하며 웃고 있었다. 그 모습이 마치 같은 반 친구 같았다. 간바야시 씨보다 머리 하나는 작은 아빠의 뒷모습이 낯설어 보였다. 허리를 젖히고 웃는가 하면 상대의 등을 탁탁 치면서 신나게 떠드는 아빠 의 모습을 전에는 본 적이 없다. 진짜로 유괴된 아이처럼 불 안해진다. 손바닥을 펼쳐본다. 방금 전까지 조약돌을 만지 고 논 탓에 하얀 흙먼지가 끼어 있다.

　두 사람은 내가 모르는 이야기를 하면서 한참을 웃고 떠든 후에야 내게로 돌아왔다.

"시원한 거라도 드실래요?"

간바야시 씨가 아가씨에게 데이트 신청이라도 하듯 내게 물었다.

"낚시를 한번 해보는 것도 좋을 텐데."

"어떻게 할래?"

아빠가 나를 내려다보며 물었다. 나는 아무 대답도 하지 않았다. 잠시 침묵이 흘렀다.

"그냥 갈까?"

"내가 역까지 태워주지."

간바야시 씨가 자동차 열쇠를 짤랑짤랑 흔들며 차로 다가간다. 그 자리에 가만히 서서 손바닥만 내려다보고 있는 나에게 아빠가 물었다.

"왜 그래 하루? 배라도 아프냐? 아니면 화장실에 가고 싶어?"

"참견 마."

최대한 낮은 목소리로 말했다.

"그리고 갑자기 잘해주는 척하지 마."

아빠는 나의 그런 반응에 이해가 안 된다는 듯 어깨를 으쓱해 보이고는 차 쪽으로 걸어갔다.

　이번에는 아빠가 조수석에 앉고 나는 뒷자리에 혼자 앉았다. 아빠와 간바야시 씨는 계속 뭐라고 떠들어댔다. 둘이 하는 말을 한마디도 놓치지 않으려고 귀를 기울였지만, 무슨 얘기를 하는지 전혀 알 수가 없었다. 신호등에 걸려 차가 멈출 때면 간간히 간바야시 씨가 내 쪽을 돌아보고 이런저런 말을 걸었다.

　"여름 방학인데도 낚시를 하러 오는 사람이 별로 없어서요. 괜찮으면 다음에 친구들을 데리고 오세요. 물도 깨끗하고, 낚시가 처음이라면 제가 가르쳐드릴게요. 상당히 재미있답니다."

　"저, 하루 양을 만난 적이 있어요. 아직 하루 양이 기어다니지도 못할 때. 선물로 모로조프의 쿠키를 들고 갔었는데, 갓난아기가 그런 걸 어떻게 먹느냐고 사람들에게 바보 취급당했지요."

　아빠는 그럴 때마다 앞을 향한 채로,

　"이런 데서까지 손님 끌기냐?" 아니면 "그런 걸 하루가 어떻게 기억해?" 하고 참견을 했다.

　나는 그런 모든 것들을 무시했다. 무슨 말을 하든 얼굴을 창밖으로 향한 채, 아까 지나온 길이 반대편으로 멀어져가는 것을 보고 있었다.

　화가 난 것인지, 긴장한 것인지, 아니면 울음을 터뜨리고 싶은 것인지, 내 기분을 나도 알 수 없었다. 다만 우리 세 명이 탄 차 안은 그다지 마음 편한 장소가 아니었다. 차갑고 까칠까칠한 무언가가 몸속을 초속으로 내달리는 것 같은 느낌이었다. 아빠가 눈치 없이 화장실 얘기를 꺼냈기 때문일 수도 있고, 아빠와 간바야시 씨가 내가 모르는 얘기만 하면서 웃어서일 수도 있고, 어디에 가고 싶다 무엇을 하고 싶다고 나는 한마디도 하지 않았는데 아빠 마음대로 일을 진행시키기 때문일 수도 있다. 이유는 모르겠지만 아무튼 나는 '불쾌' 그 자체였다. 간바야시 씨가 내게 정중한 말투로 얘기하는 것도 짜증이 났고, 어른 대접을 받으면서 어린애 같은 태도로 상대를 무시하는 나 자신에게도 화가 치밀었다.

내가 줄곧 아무 말도 하지 않자, 앞자리의 두 사람은 더 이상 내게 말을 걸지 않았다. 그러고는 또 둘이서만 떠들어 댔다. 두 사람의 대화 중에 교코(엄마의 이름이다)라는 이름이 나왔을 땐 못 들은 척하면서 귀를 쫑긋 세워보기도 했지만, 그런 중요한 부분에서는 둘 다 목소리를 낮췄기 때문에 결국 나는 얘기의 내용을 알아듣지 못했다.

낮잠에 빠진 것처럼 한적한 분위기의 작은 역에 도착하자 모두 차에서 내렸다. 간바야시 씨는 개찰구까지 배웅해 주었다. 아빠가 차표를 끊는 동안, 나와 간바야시 씨는 작은 역사 안에 나란히 서 있었다. 내가 계속 무시하는 탓에 간바야시 씨는 더 이상 말을 걸지 않았다. 아빠는 창구에서 역무원과 무슨 이야기를 나누고 있다.

'저, 아빠가 나를 유괴한 거예요. 앞으로 어떻게 될까요?'

그런 말이 하고 싶어 간바야시 씨를 쳐다본 순간에 눈길이 마주쳤다. 간바야시 씨는 나를 내려다보며 늙은 개처럼 친근한 표정으로 싱긋 웃었다. 그 순간 불현듯 어떤 기억이 떠올랐다. 아빠랑 엄마가 나를 시원하고 폭신폭신한 곳에서 재우고 있는데, 그곳에 간바야시 씨도 있었다. 아빠와 간바야시 씨가 나를 들여다보며 지금처럼 부드럽게 웃었고, 그리고 엄마가 나를 안아 올렸다. 간바야시 씨의 웃는 얼굴 너머로 그런 정경이 순간적으로 나타났다가 또렷이 윤곽이 잡히기도 전에 쓱 사라져버렸다. 그 장면이 언제, 어디서, 어떻게 일어난 일인지 제대로 생각나기도 전에 사라져버렸으니까 어쩌면 내 기억이 아닐지도 모른다. 아까 간바야시 씨가 한 이야기를 듣고 내가 멋대로 상상한 장면일지도 모른다. 어느 쪽이든 그렇게 어렸을 때의 일을 기억하고 있을 리가 없다.

이윽고 아빠가 자신의 짐과 어제 산 물건이 든 쇼핑백을 옆구리에 끼고, 양손에 하나씩 캔 주스를 들고 돌아왔다.

"자, 그럼. 여러 가지로 고마웠어. 또 연락하지."

아빠가 간바야시 씨에게 인사하고 내게 주스를 내밀었다.

"하루 양, 언제든 낚시하러 오세요."

간바야시 씨가 허리를 숙여 눈높이를 맞추고 말을 건넸다.

'꼭 올게요가 괜찮을까? 아니면, 다음에 봬요……?'

뭐라고 한마디 하고 싶은데, 우물쭈물하는 사이에 플랫폼에서 안내 방송이 울렸다.

"일 번 승강장에 기차가 들어옵니다. 하얀 선 안쪽으로 물러나 기다리십시오."

또랑또랑한 여자 아나운서의 목소리가 성가실 정도로 반복되었다. 나는 입까지 다 나왔던 말을 도로 삼키고 말았다.

나를 앞세우고 개찰구를 지나던 아빠는 캔 주스 하나를 떨어뜨렸다가 줍지를 않나 기차표를 주머니에 쑤셔 넣지를 않나 어지간히도 부산을 떨었다. 기차에 올라타기 직전에 개찰구 쪽을 돌아보자 간바야시 씨가 손을 흔들고 있었다. 역사 뒤편에 펼쳐진 네거리가 새하얗게 빛난다.

네거리도 플랫폼도 보이지 않을 즈음, 건너 자리에 앉은 아빠가 가방에서 과자며 냉동 귤 따위를 꺼내 창가에 늘어놓았다.

"오후에 한 번 갈아타야 하니까 도시락은 그때 사자. 도미 도시락하고 전갱이 초밥이 유명하긴 하지만, 뭐 뭐든 괜찮겠지. 그때까지 배가 고프면 안 되니까 이것저것 샀다. 먹고 싶으면 네가 알아서 먹어."

사격장의 표적처럼 창가에 늘어놓은 과자를 보았다. 빼빼로, 초콜릿 쿠키, 초콜릿, 냉동 귤, 오징어 그리고 캐러멜. 기가 막혀 말이 안 나온다. 아빠는 내가 단 것을 싫어한다는 것을 까맣게 잊은 것이다. 아주 어렸을 때부터 치과에 다니면서 단 것을 안 먹었기 때문에 어느새 단맛을 잃어버렸다. 옛날에 '너 참 희한한 아이로구나'라면서 같이 감자 칩을 먹은 주제에.

"아까 만난 간바야시 아저씨는 아빠의 학창 시절 친구야. 벌써 오래 전에 회사를 때려치우고 그런 곳에서 유료 낚시터를 열었어. 이상한 사람이지? 그 아저씨, 주위에 애가 없어서 아이들을 어떻게 대해야 하는지를 몰라. 네가 아주 어렸을 때, 우리 집에 놀러 와서 너를 안는 데도 어찌나 쩔쩔매는지 차마 봐줄 수가 없다고 네 엄마가 못 안게 했었어. 그건 그렇고 참 오랜만에 기차 타본다. 이렇게 마주 보고 앉는 자리도 괜찮은데? 정말 어디 멀리 떠나는 기분이다. 야, 그런데 아무리 그래도 그렇지, 여름 방학인데 자리가 텅텅 비었네."

아빠가 주절주절 말을 늘어놓는다. 아빠가 뭐라고 떠들면 떠들수록 아까부터 계속된 이유 없는 짜증이 배로 늘어났고 더불어 실망도 커졌다. 나는 굳게 입을 다물고 아무 말 않은 채 창밖만 노려보았다. 조금 전에 아빠가 건네준 주스 캔이 손 안에서 땀에 젖어 있었다.

"이따 오후에 기차 한 번 갈아탈 거라고 했지? 그 다음에도 두 시간 정도 더 가야 되니까 바나에는 저녁때나 도착할 거야. 그러니까 오늘은 잘 곳을 정하고 쉬다가 내일 신나게 놀자. 아 참, 수영복을 깜박했네. 하기야 그런 건 아무데서나 팔겠지."

아빠는 머리가 어떻게 된 게 아닌지 의심스러울 정도로 혼자 떠들고 있다. 흘끔 곁눈질로 상태를 살펴보았다. 창가에 늘어놓은 과자의 배열을 이리저리 바꾸면서 얘기한다. 이제야 알겠다. 아빠는 들떠서 지껄이는 게 아니라 당황스러운 것이다. 내가 입을 꾹 다물고 있는데다 골이 난 것 같은데, 그 이유를 몰라 쩔쩔매고 있는 것이다.

"담배 피워도 되려나? 그런데 아무도 피우질 않네. 나중에 차장이 지나가면 물어봐야겠다. 이거, 마음대로 먹어도 된다니까. 나는 엄마처럼 이것도 안 된다, 저것도 안 된다 그런 잔소리는 안 하니까. 아 맞다, 아까 기차 시간표를 샀지? 정확한 시간을 확인해 봐야겠다. 도시락 사느라 기차 놓치면 안 되니까."

나중에는 거의 혼잣말처럼 중얼거렸다. 아빠는 이번에는 가방 속을 뒤적거리기 시작했다. 그러는 아빠가 너무 불쌍한 한편 꼴사나워 보였다. 내가 뭐라고 한마디만 해도 좀 진정이 될 텐데. 하지만 나는 내가 왜 이렇게 기분이 나쁜지도 모르겠고 아무 말 않고 있는 것도 피곤했다. 아빠에게 간바야시 씨 생각을 하고 있다고 말하고 싶었지만 그냥 창밖만 노려보았다. 나는 마음속으로 아빠를 더 괴롭혀주고 싶다고, 훨씬 더 비참하게 만들어주고 싶다고 생각했다.

내가 그렇게 계속 입을 다물고 있자, 아빠는 잠이 들고 말았다. 나는 약간 긴장을 풀고 시시각각 변하는 차창 밖 풍경을 바라보았다. 창가에는 하나도 뜯지 않은 과자가 한 줄로 놓여 있다. 통로를 끼고 옆 자리에는 비슷한 원피스를 입고 똑같은 머리 모양을 한 여자 둘이 수다를 떠느라 여념이 없었다. 나는 과자를 그 여자들에게 전부 줘버리고 싶었다. 기차가 터널에 들어서자 얼굴을 맞대고 얘기하는 그들의 모습이 유리창에 뚜렷하게 비쳤다. 쌍둥이처럼 보였다. 저 두 사람에게 우리는 어떤 식으로 보일까? 친구로 보일 리는 없을 테고, 선생과 제자로 보이지도 않겠지. 역시 아빠와 딸로 보일 것이다. 그렇다면 왜 우리는 아빠와 딸로 보일까? 나이가 그럴 것 같아서? 어딘가 닮은 구석이 있어서?

'닮은 데가 있다면 어디가 닮았나요?'

나는 그렇게 옆 자리의 여자들에게 묻고 싶었다.

기차가 크게 흔들리는 순간, 창가에 세워두었던 빼빼로가 발치에 툭 떨어졌다. 창밖으로 죽 이어지던 나무들이 갑자기 사라지고, 햇빛 아래 새하얗게 펼쳐진 바다가 나타났다. 창 너머로 보이는 바다는 내가 기억하던 것보다 몇 배나 컸다. 나는 깜짝 놀라 유리창에 얼굴을 바짝 내고 정신없이 바다를 바라보았다. '바다야, 아빠 바다가 보여!' 하지만 그렇게 소리를 질러서 잠든 아빠를 깨울 수는 없었다.

　　민박집에서 아침밥을 먹고 나자 아빠는 마구 뻗친 머리를 손질도 하지 않은 채 전화를 걸러 갔다. 방에도 전화가 있는데 일부러 아래층까지 내려가 공중전화를 거는 아빠.

　　나는 방에서 나와 아빠의 모습을 몰래 훔쳐보러 갔다. 아래층 로비는 보통 가정집처럼 식당 겸 응접실 비슷하게 꾸며져 있었고, 열 명 정도 앉을 수 있는 커다란 테이블과 낡은 소파 세트가 놓여 있었다. 썰렁하고 어두침침한 분위기였다. 아빠는 입구 여닫이 문 옆에 있는 공중전화에서 등을 돌린 채 수화기를 꼭 쥐고 있다. 나는 테이블의 맨 끝에 앉아 아빠가 하는 말에 귀를 기울였다. 아빠의 목소리가 너무 작아 무슨 말을 하는지 하나도 들리지 않았다. 분위기로 봐서는 심각한 것 같은데, 표정이 안 보이니까 실제로 그런지는 알 수 없다.

　　“당신, 그거 너무 불공평한 거 아냐?”

　　갑자기 아빠가 버럭 소리를 질러서 몸을 일으킨 순간, 계단에서 어떤 가족이 큰 소리로 떠들며 내려왔다. 아빠는 계속 수화기에다 대고 큰 소리로 고함을 지르고 있었지만, 그들의 말소리에 묻혀버렸다. 나는 로비에 나타난 한 무리의 식구들을 노려보았다. 아빠는 머리가 벗겨진 아저씨고 엄마는 머리를 뽀글뽀글하게 볶은 키 큰 아줌마였다. 큰 소리로 떠드는 것은 내 또래인 듯한 여자애와 겨우 일 학년이 될까 말까 한 남자애였다. 아빠는 파라솔을 엄마는 커다란 바구니를 들고, 수영복 차림의 아이 둘은 각자 튜브를 가지고 있었다. 핑크색 비키니를 입은 여자애는 눈이 마주치자 나를 쏘아보았다. 나도 지지 않으려고 노려보자 그 아이는 눈길을 홱 돌리고 엄마의 팔에 매달려, "그런데 아빠가 말이지" 하고 어리광을 피웠다. 네 사람은 광대 같은 웃음소리를 사방에 뿌리며 문을 열고 눈부신 바깥으로 나갔다.

'바보 아냐? 누굴 노려보는 거야. 어리지도 않은 것이 엄마한테 매달리기나 하고.'

나는 내가 먼저 흘겨봐 놓고도 속으로 씩씩거렸다.

기척이 느껴져 고개를 들자 아빠가 내 앞에 서 있었다. 내 시선을 따라가다 하얗게 빛나는 오솔길을 걸어가는 네 사람을 보고 무슨 착각을 한 것일까, 어딘가 모르게 불쌍하다는 시선으로 나를 내려다본다. 정말 단순한 사람이네. 내가 저 가족을 부러워한다고 착각하다니.

"가족끼리 해수욕도 다 오고 엄청 좋겠다. 저 집 아빠는 틀림없이 겨우겨우 휴가 받아서 몇 시간이나 운전하면서 가족들을 데리고 왔겠지? 다들 저렇게 사이가 좋다니 정말 부럽다. 나 같은 건 아빠한테 유괴나 당하는데. 하늘과 땅 차이네."

심통을 부릴 생각으로 말했는데, 아빠는 웃음을 터뜨린다.

"그래. 엄청 차이 난다. 넌 유괴범이랑 단둘이 있으니까."

아빠는 그렇게 말하며 고개를 젖히고 껄껄 웃었다. 그런 아빠를 쳐다보고 있자니 왠지 나도 우스워서 아빠와 똑같은 포즈로 웃었다.

수영복은 어제 내린 기차역 근처에서 샀다. 과자와 건어물을 파는 토산품 가게의 한구석에 수영복 몇 벌이 생뚱맞게 걸려 있었다. 나는 일부러 그중에서도 제일 촌스러워서 이런 때가 아니면 절대로 고르지 않을, 프릴이 잔뜩 달린 수영복을 골랐다. 아빠도 팬티처럼 생긴 수영복을 샀다. 튜브와 보트, 어린이용 수영 보드 같은 것도 사고 싶었지만 열심히 가격을 비교하는 아빠가 가엾어서 사달라고 할 수가 없었다.

"아무것도 필요 없어."

내 말을 듣고 아빠는 안심이라는 듯이 웃었다. 어휴, 이런 사람이 우리 아빠라니.

"협상은 잘된 거야?"

초록색 나무 울타리로 양 옆을 두른 좁은 길을 따라 바다를 향해 걸어가면서 내가 물었다.

"아니, 잘 안 되네. 네 엄마라는 사람이 고집이 여간해야 말이지."

아빠의 얼굴을 쳐다보았다. 입가에 수염이 뾰족뾰족 돋아 있어 진짜 유괴범 같았다. 나무 울타리 너머로는 드문드문 키 큰 나무가 솟아 있고, 주변은 온통 매미 소리로 가득했다. 곧장 바다와 맞닿아 있는 오솔길 저 끝이 신기루처럼 흔들리고, 내가 대체 누구이며 유괴범과 함께 어디를 걷고 있는지 아리송했다.

"아빠, 교환 조건으로 엄마한테 뭘 요구하는데? 돈이 아니면 뭘 바라고 하는 건데?"

"조만간 너도 엄마랑 통화를 해야 할지도 몰라. 그때는 맥없는 목소리로 '집에 가고 싶어요, 엄마가 보고 싶어요'라고 해. 신나는 목소리로 바다에서 헤엄을 쳤다느니, 어디어디 여관이라느니 그런 소리 하면 절대 안 돼."

아빠는 내가 화장실에 간다고 둘러대고 엄마에게 전화를 거는 그런 일은 하지 않을 것이라고 믿고 있는 것일까? 아주 간단하다. 아빠 지갑에서 전화 카드를 꺼내 집에다 전화를 걸고, 지금 어디어디에 있으니까 빨리 데리러 오라고 하면 어디에 있는지 금방 들통 날 텐데. 물론 나는 그런 짓은 하지 않을 것이다. 백화점 세일에 가는 엄마와 이모를 배웅한 후로 엄마 목소리는 들어보지도 못했다. 그래도 엄마 목소리가 듣고 싶으면 언제든 전화를 걸 생각이다. 어쩌면 아빠는 내가 상상한 것보다 훨씬 머리가 나쁜지도 모르겠다. 범죄 같은 걸 저지를 타입이 아니다.

우리가 걷던 오솔길이 오르막으로 접어들었다. 그러다 갑자기 시야가 막혔나 싶더니 바다가 나타났다. 끝없이 가로로 펼쳐진 바다에 하얀 파도가 일렁거리고, 모래톱에는 색색깔의 파라솔이 옹기종기 서 있었다.

"바다다! 바다!"

나는 눈앞에 펼쳐진 바다를 향해 마구 달렸다. 민박집에서 빌린 비치 샌들이 너무 커서 몇 번이나 벗겨질 뻔했지만, 바다를 코앞에 두고 얌전히 있을 수가 없었다.

내가 몇 번이나 물을 들락날락하는 동안 아빠는 파라솔 밑에서 선글라스를 낀 채 잠을 잤다. 그러는 동안 옆에는 맥주 캔이 하나둘 늘어났다. 바다에서 헤엄치다 조금 지친 나는 아빠가 잠들어 있는 모래톱에 앉아 눈앞으로 오가는 사람들을 구경했다. 온몸에 오일을 발라 구릿빛으로 번들거리는 사람들이 몇 명이나 오가고, 물가에서는 어린애들이 모래 장난을 했다.

사람들 사이에서 아까 민박집에서 노려보았던 여자애를 발견했다. 튜브를 들고 바다에서 나와 이쪽으로 오고 있다. 눈이 마주쳤다. 이번에도 그러면 나도 똑같이 노려봐주려고 했는데, 놀랍게도 그 아이는 방긋 웃었다. 그 웃는 얼굴이 화창한 해변에 너무 잘 어울려, 나도 미소로 답할 수밖에 없었다. 그 아이는 내 쪽으로 똑바로 걸어와 털썩 내 옆에 주저앉았다.

"너, 이름이 뭐니?"

그 아이가 내게 물었다. 무뚝뚝했지만 그래서 오히려 친한 반 친구 같은 말투였다.

"하루."

"그래? 나는 치즈야. 웃기는 이름이지? 내 동생은 가즈고. 너 몇 학년인데?"

"5학년."

"똑같네. 방은 어디니?"

"응, 3호실."

"옆방이잖아. 언제까지 있을 건데?"

"앞으로 이틀 정도 더 있을 거야."

나는 거짓말을 했다. 사실은 언제까지 있을지 모른다. 앞으로 이틀 정도 더 있고 싶지만, 아무튼 나는 유괴당한 몸이니까.

"우린 내일 저녁에 가는데. 차 타고 다니는 거 정말 지겹다. 길은 막히지, 동생은 울지, 엄마는 저기압이지. 화장실이란 말만 꺼내도 화를 낸다니까."

나는 웃었다. 치즈의 그런 말투가 무척 마음에 들었다. 아무 꾸밈없고 아주 오래 전부터 친한 사이처럼 스스럼이 없다.

"아까 같이 있던 사람이 너희 아빠니?"

"아니, 친척 아저씨야."

다시 거짓말을 했다. 그렇지 않으면 또 무슨 질문을 해댈지 모르니까. 만약에 아빠라고 했다가, 그럼 엄마는 어디 있는데? 집에 있어. 왜 같이 안 왔어? 그러다 모든 것을 사실대로 얘기해 버릴지도 모른다. 친아빠에게 유괴당한 이 복잡한 사연을 어떻게 설명한다는 말인가.

"우리 엄마 아빠는 너무 바빠서 방학 동안 아무데도 같이 못 가. 그래서 친척 아저씨한테 나 좀 데리고 다니라고 부탁한 거야."

"그렇게 바빠? 하긴 요새 그런 집들이 많지."

치즈가 어른스러운 투로 말했다. 그래서 이번엔 '왜 바쁜데?' 하고 물을 줄 알았는데,

"너희 엄마 아빠는 사이좋니?"

예기치 못한 질문을 했다. 나는 또 거짓말을 한다.

“그럼. 나만 쏙 빼놓고 둘이서 비디오도 보고 노래방에도 가고 외식도 하고 그러는걸. 휴일에는 데이트도 하고. 나이도 먹을 만큼 먹어가지고.”

내가 이렇게 거짓말을 술술 해대다니 신기했다. 한 번 거짓말을 하고 나니까 그것이 진짜 본 광경처럼 그려지면서, 나를 잊어버릴 만큼 사이가 좋은 엄마 아빠와 나에 대해 얼마든지 거짓말을 할 수 있을 것 같았다.

“그러니? 우리 엄마 아빠는 사이가 안 좋아. 만날 말다툼이야. 바다는 좋지만 차를 타고 다닐 때나 밤은 싫어. 이번 여행만 해도 그냥 다 때려치우고 싶을 정도로 시끄러웠다니까. 그런 건 애들 교육상 안 좋은데 말이야.”

치즈가 발치의 젖은 모래를 손가락으로 파헤친다. 그러고는 느닷없이,

“너 이혼 신청서라는 거 본 적 있어?”

하고 물었다.

내가 고개를 젓자,

“나는 있어. 쓰레기통에 구깃구깃 구겨서 버렸더라구. 우리 집 위태위태하지?”

치즈의 젖은 머리카락에 맺힌 물방울이 내 어깨에 떨어졌다. 치즈의 말은 거짓이 아닐 거야. 그렇게 생각하자 미안한 기분이 들었다. 어쩌면 나는 범죄자가 될 소질이 있는지도

모르겠다. 적어도 아빠보다는.

높은 파도가 철썩거릴 때마다 환성이 파도 위를 스치고 이쪽으로 퍼져온다. 작은 삽으로 모래 장난을 하던 아이들이 깜짝 놀라서 고개를 들고 솟아오르는 파도를 바라보고 있다. 뒤를 돌아보자 아빠는 아직 자고 있다. 비치 파라솔의 그늘이 저만치 옮겨가 햇빛이 아빠의 얼굴 위로 내리쬐고 있다. 하얗던 피부가 벌써 빨갛게 그을었다.

"형제는 없어?"

이왕 거짓말쟁이가 된 김에 계속 거짓말을 하기로 했다. 늘 그랬으면 좋겠다고 생각하던 일을 그대로 말한다.

"언니가 하나 있어. 내년이면 중학생이거든. 그래서 엄마 아빠랑 집에 남아 있어. 아마 지금쯤 공부하고 있을걸. 나도 언니네 학교에 가고 싶은데, 난 공부를 못해서 안 될 거야. 모르지, 언니가 가르쳐주면 들어갈 수 있을지도. 난 착하고 예쁜 우리 언니가 정말 좋아. 계속 같은 학교에 다녔으면 좋겠어."

"너, 공부 못해?"

"응."

이건 정말이다. 내 성적은 별로다.

"나는 공부 잘하는데. 늘 일등이거든."

진지한 얼굴이다. 이런 말을 아무렇지도 않게 하는 사람

은 처음이다. 나는 뭐라고 대꾸하면 좋을지 몰라 당황스러
웠다.

"다행이다. 하루보다 나은 게 있어서. 하루네 식구들은 사
이가 좋은데 우린 완전 콩가루 집안이야. 하루네는 착한 언
니도 있는데, 가즈 녀석 정말 싫어. 그런데다 하루가 머리까
지 좋으면 불공평하잖아."

"수영복도 네 게 더 섹시해."

내가 웃으며 말하자, 치즈는 내 수영복을 찬찬히 훑어보
고는,

"하긴 그렇다."

하고 깔깔대며 웃었다.

그러다 갑자기 웃음을 뚝 멈추고, 젖은 모래를 만져서 흙
투성이가 된 두 손을 보면서 진지한 목소리로 말했다.

"만날 울기만 해서 딱 질색이기는 하지만, 그래도 우리 집
에 무슨 일이 생기면 내가 가즈를 지켜줄 거야. 나는 괜찮아
도 개는 아직 어리잖아. 내가 책임질 거야."

나는 놀라서 치즈를 쳐다보았다. 똑바로 앞을 향하고 있
는 치즈의 표정이 말투만큼이나 어른스러워 아무 말도 할
수 없었다. 내 머릿속에만 살고 있는 착하고 멋지고 예쁜 언
니는 만에 하나 무슨 일이 생겨도 나를 구해주지는 않는다.
이 아이 정도면 사실대로 털어놓아도 괜찮을 것 같았다. 치

즈도 오늘 아침에는 서로 째려보았던 촌스러운 수영복 차림의 내게 사실대로 말해 주었으니까.

'우리 엄마 아빠, 사실은 같이 안 살아. 너처럼 믿음직한 언니도 없고. 게다가 지금 나는 아빠한테 유괴당한 상태야. 그리고 엄마 아빠는 자기들끼리 나를 인질 삼아 비밀 거래를 하고 있고.'

그때 갑자기 "치즈!" 하는 새된 목소리가 들리고, 오늘 아침에 본 키 큰 아줌마가 사람들 사이를 헤치고 다가왔다. 아줌마는 만면에 억지스런 미소를 띠고 내게 인사를 건넨 다음 말했다.

"치즈, 벌써 4시다. 이제 그만 가자."

"어, 벌써?"

치즈가 불만 섞인 목소리로 대꾸하자 아줌마는 훨씬 더 짜증스러운 목소리로 말했다.

"글쎄 너희 아빠가 온천에 간다고 고집이잖니. 온천 순례 책에 여기서 30분만 가면 온천이 있다고 나온대."

아줌마가 치즈의 손을 잡아당겨 일으켜 세웠다. 치즈는 그 손을 뿌리치고 일어나 나를 내려다보며 재빨리 말했다.

"앞으로 이틀 더 있을 거지? 내일 우리 주소 교환하자."

나는 고개를 끄덕거렸다. 치즈가 앞서 걸어가자 아줌마는 다시 한 번 내게 억지스런 미소를 지어 보이고는 치즈를 뒤쫓아갔다.

어느새 태양이 제법 기울어 있었다. 아까까지만 해도 저 멀리서 철썩거리던 파도가 바로 요 앞에서 철썩거렸고, 젖은 모래 위를 걷는 사람들의 긴 그림자가 엇갈렸다. 나는 자리에서 일어나 수영복에 묻은 모래를 털고 아직도 자고 있는 아빠에게로 갔다. 새빨갛게 탄 아빠 위로 내 그림자가 길게 드리워졌다.

그날 저녁은 방에서 먹었다. 반찬의 가짓수가 엄청 많았다. 밥을 먹고 나자 아빠가 불꽃놀이를 하자고 했다. 아빠는 민박집의 유카타를 걸친 채로, 나는 셔츠를 갈아입고 밖으로 나갔다. 밖은 깜깜했다. 어둠을 빨아들여 한층 깜깜한 나무 사이사이에서 매미가 목이 터져라 울고 있었다. 오솔길 저편이 터널의 출구처럼 밝게 빛나고 있었다. 가게가 몇 채 늘어서 있기 때문이다. 하늘을 올려다보자 노란 알사탕처럼 작고 동그란 달이 떠 있었다. 매미 울음소리가 그칠 때마다 아빠와 나의 샌들 소리가 울렸다.

한참을 아무 말 없이 걷는데, 아빠가 갑자기 내 손을 잡았다. 아빠와 마지막으로 손을 잡았던 게 언제였을까? 아마 몇백 년은 된 것 같다. 나는 안절부절못했다. 가슴 한쪽이 근질거릴 정도였다. 차라리 손을 빼버릴까 하고 몇 번이나 망설였다. 아빠와 둘이 손을 잡고 걷다니 부자연스러운 일이었다. 아빠는 내 손을 가볍게 쥐고 휘파람을 불면서 걸었다. 늘어선 가게의 불빛이 점점 커지며 다가왔다.

'나는 딸이고, 옆에서 걷는 이 남자는 우리 아빠야. 그리고 밤길이라서 깜깜해. 우리가 손을 잡고 걷는다는 건 전혀 부자연스러운 일이 아니야. 아니, 오히려 아주 당연한 일이지.'

나는 바보같이 이렇게 스스로에게 타이르며 걸었다. 그래도 가슴 한쪽의 근질거림은 여전해서 잡은 손을 그네처럼 크게 내저었다. 작고 동그란 달은 샛노란색이고, 내 손은 크고 따뜻한 손바닥 안에 있다. 그리고 나는 생각했다. 길 저편에서 반짝이는 불빛이 언제까지고 가까워지지 않았으면 좋겠다고.

다음날 아빠가 채 일어나기도 전에 수영복으로 갈아입고 바다에 가지고 갈 물건들을 가방에 챙겨 넣고 있었다. 그런데 아침을 먹고 전화를 걸러 다녀온 아빠는 지금 당장 여기를 떠나야 한다고 했다.

"왜? 바다에 가자. 나 더 놀고 싶단 말이야."

아빠는 그렇게 말하는 나를 무시하고 까치집을 지은 머리도 아랑곳하지 않고 짐을 챙기기 시작했다. 활짝 열린 창문 너머로 날아가 그 품에 안기고 싶을 만큼 파란 하늘이 보였다. 아빠는 유카타를 벗고 셔츠와 바지를 입었다.

"아빠, 바다에 가자. 왜 벌써 가야 되는 건데? 어딜 가는
데? 하룻밤만 더 자고 가면 안 돼?"

옷을 갈아입는 아빠의 주위를 빙글빙글 돌면서 계속 애걸
했다. 아빠는 막 일어나 갈라진 목소리로 말했다.

"어제 실컷 놀았잖아. 이제 다른 데로 갈 거야!"

"싫어, 수영 더 하고 싶단 말야. 나 좋은 데로 간다고 했잖
아. 난 여기가 좋다니까. 여기에 있잔 말이야. 응? 아빠."

나는 끈질기게 물고 늘어졌다.

아빠가 욕실에서 세수를 한다. 물방울이 이리저리 튀면서
주변이 흠뻑 젖는다. 내 무릎과 발치까지 젖었다. 나는 발을
동동 구르며 마치 장난감을 사달라고 떼쓰는 어린아이처럼
졸랐다.

"나는 아무데도 안 갈 거야. 가고 싶으면 아빠 혼자 가. 난
혼자서라도 여기 있을 거니까. 아빠, 지금 내 말 듣고 있는
거야?"

바다에서 놀다가 여기서 하룻밤 더 자고 갈 거라고, 나는
바보 같은 앵무새처럼 똑같은 말만 되풀이했다. 내가 하고
싶은 대로 하기 위해서 이렇게 열심히 노력하기는 정말 오
랜만이다. 평소 같으면 이런 바보 같은 짓은 절대 하지 않는
다. 엄마는 떼쓰는 걸 아주 싫어하기 때문에 떼를 써봐야 사
태가 점점 악화될 뿐이라는 것을, 그리고 그런 내 모습이 진

짜 추하다는 것을 나는 잘 알고 있다. 하지만 포기할 수 없었다. 하룻밤만, 딱 하룻밤만 자도 좋으니까 어제와 똑같은 하루를 보내고 싶었다.

"아빠가 말했지! 주도권은 내가 쥐고 있다고."

물에 젖은 얼굴을 내게 향하고 아빠는 심각한 척 말했다. 그러고는 셔츠 소매로 젖은 얼굴을 닦더니 칫솔과 수건을 가방에 쑤셔 넣고 지퍼를 닫았다. 이제는 무슨 말을 해도 들어줄 것 같지 않았다. 나는 더 이상 애걸하지 않았다. 수영복 위에다 티셔츠와 청바지를 입고 옆방으로 달려갔다. 닫힌 문을 두드리면서 키 큰 아줌마나 치즈가 나와주기를 기다렸다. 치즈에게 주소를 알려주고 싶었다. 어제 그러기로 약속했다. 하지만 치즈네 식구들은 벌써 바다로 나갔는지, 방문은 돌덩이처럼 꿈쩍하지 않았다.

"이거야말로 진짜 유괴잖아."

농담처럼 중얼거려봤지만 웃을 기분이 아니었다. 코끝이 시큰했다.

아빠가 계산을 하는 동안 나는 어두컴컴한 로비에 서서 유리 문 밖을 바라보았다. 어제는 그렇게 깜깜했던 길이 햇빛 속에서 그늘 한 점 없이 새하얗게 빛나고 있었다. 매미 울음소리가 나를 유혹하듯 닫힌 문을 뚫고 들어왔다. 고추냉이가 든 초밥을 잘못 먹었을 때처럼 코끝이 자꾸 시큰거렸다. 입을 벌리고 얼굴을 찡그리면 금세라도 눈물이 흐를 것 같았다. 울면 조금은 편해지겠지. 그러면 아빠는 어쩔 줄 모르고 당황하겠지. 하지만 절대 안 울 거야.

나는 꼭 다문 입에 힘을 주었다.

징징거리지 않을 거야. 아빠 비위도 절대 안 맞춰줄 거야. 아빠가 멋대로 나를 데리고 가는 거니까 나도 앙갚음 정도는 해줘야지.

눈이 부시도록 환한 바깥 풍경을 노려보면서 나는 이런저런 작전을 짰다.

"자, 가자."

계산을 마친 아빠가 내 등을 살짝 밀었다. 나는 손이고 뭐고 확 뿌리쳐버리고 싶었지만 방긋 웃으며 아빠를 올려다보았다.

"버스가 빨리 왔으면 좋겠다. 그치?"

"걱정 없어. 시간표를 봐뒀거든. 주스라도 사 가지고 갈까?"

아빠는 웃는 내 모습을 보고 안심한 듯 자신만만하게 말하며 웃었다.

우리가 탄 버스 안은 까맣게 탄 남녀로 북적거렸다. 향수 냄새인지 심하다 싶을 정도로 달콤한 냄새가 버스 안을 가득 채우고 있었다. 대학생인 듯한 여자들이 과자를 주고받으면서 쉴 새 없이 재잘대고, 옷인지 수영복인지 구분이 안 되는 차림의 여자는 새카맣게 타서 이빨만 하얀 남자에게 계속 귓속말을 하고 있다. 아빠는 가방에서 시간표를 꺼내, 선 채로 중얼거리며 페이지를 넘기고 있다.

버스가 역 앞 네거리로 들어섰다. 네거리 주변에는 화려한 간판을 내건 가게들이 즐비하다. 게 간판, 물고기 간판. 바보 같다.

네거리는 버스를 타고 바다에 가려는 사람들과 기차를 타고 집으로 돌아가려는 사람들로 발 디딜 틈 없이 북적거렸다. 너 나 할 것 없이 손에 지도를 들고 어슬렁거리거나 기념품 가게를 기웃거리거나 그늘에서 주스를 마시고 있었다.

"하루, 앞으로 5분 후면 기차가 도착할 거야. 표 사 가지고 올 테니까 잠깐만 여기서 기다리고 있어."

어깨에서 자꾸 미끄러져 내리는 가방을 고쳐 메고 달리는 아빠의 뒷모습을 눈으로 쫓다가 사방을 둘러보았다.

'치, 자기 마음대로 하면 단가.'

또 콧속이 찡했다. 뻑적지근한 호텔에서 자겠다는 것도 아니다. 벤츠가 아니면 아무데도 안 가겠다는 것도 아니다. 그 민박집에 딱 하루만 더 있고 싶다고 했을 뿐이다. 자기 마음대로 하는 것도 정도가 있지. 갑자가 나타나서 유괴를 하질 않나, 여기저기 끌고 다니질 않나.

이마에서 땀을 뚝뚝 흘리며 표를 쥔 손을 높이 들어 보이며 아빠가 돌아온 순간.

"순 자기 멋대로야."

작은 소리로 한번 중얼거린 다음 나는 크게 숨을 들이쉬었다.

"살려주세요오오오!! 제발 저 좀 살려주세요오오!! 제바알!! 이 사람 좀 붙잡아주세요오오오!!!"

전에 유코 이모랑 본 공포 영화의 주인공처럼 두 손으로 귀를 막고 눈을 부릅뜨고서 목구멍이 터져라 소리를 질렀다. 아빠는 세 발짝쯤 떨어진 곳에서 걸음을 멈추고 어리둥절한 표정으로 나를 보고 있다. 눈 깜짝할 새에 사람들이 모여들었다. 네거리에서 어슬렁거리던 사람들이 나와 아빠를 둥그렇게 에워쌌다.

"집에 가고 싶어! 누가 저 좀 도와주세요오오!!"

또 소리를 질렀다. 뱃속 깊숙한 곳에서 기어 올라온 소리가 입 밖으로 터져 나가자 기분이 후련했다. 쉰 번이든 백 번이든 얼마든지 소리칠 수 있을 것 같았다.

"하루! 너 무슨 짓이야?"

세 발짝 앞에서 아빠가 맥없이 말했다. 아직도 무슨 영문인지 모르겠다는 표정이다. 웅성거리는 사람들 소리가 멀게 들린다. 학교에 지각했을 때 같다. 하루! 하고 아빠가 나를 불렀다. 나는 또 소리를 질렀다.

"모르는 사람이에요! 난 이 사람 모른다고요! 제발 좀 도와주세요!"

나는 신이 났다. 신이 난다는 게 어떤 것인지 떠올려도 보았다. 왜 우리 반 남자애가 여자애랑 싸우다 갑자기 자기 팬티를 까 내리고 자지러지게 웃었는지, 왜 모리모토는 복도에서 벌을 서게 될 거라는 것을 알면서도 의자 위에서 요상한 춤을 추었는지. 그때 나는 깨달았다. 신이 난다는 건 이렇게 기분 좋은 일이라는 것을.

사람들의 웅성거림이 점차 커지자 마치 머리 꼭대기에 벌집을 인 것 같았다. 그리고 사람들 사이를 헤치고 이쪽으로 걸어오는 경찰의 모습이 보였다. 그때부터는 어찌된 셈인지 내 눈에 모든 것이 슬로 모션으로—텔레비전 드라마에서 자주 등장하는 장면처럼—비쳤다. 아빠가 제복을 입은 경찰관 두 명에게 체포되는 동안, 주위를 둘러싸고 있던 어른들은 서로 뭐라뭐라 귓속말을 주고받았고, 아빠의 어깨에서 가방이 미끄러져 떨어지면서 손에서 빠져나온 기차표 두 장이 메마른 아스팔트 위로 흩날렸다.

"저 아이는 내 딸입니다, 내 딸이라고요! 이름은 하루고요! 정말이에요, 정말이라니까! 우리 딸이라니까요!"

경찰에게 양 팔을 붙잡힌 아빠의 목소리만 정상적인 속도로 들렸다.

"봐요! 얼굴도 닮았잖아요! 사실이라니까! 못 믿겠으면 혈액 검사를 해봐요! DNA 검사를 하든지! 난 수상한 사람이 아니라니까!!!"

심장은 튀어나올 정도로 쿵쾅거리고 목은 바짝바짝 타 들어갔다. 한 발짝도 움직이지 못하고 사태를 지켜보던 나는 냉정하게 생각했다.

'우리 아빠, 정말 바보 같아.'

사실 나는 지나치게 흥분해 있었다. 아빠를 골탕 먹이기 위해 그런 짓을 하긴 했지만, 그 다음 어떤 일이 벌어질지에 대해서는 눈곱만큼도 생각하지 않았다.

우리는 경찰에 연행되었다. 아빠와 나는 서로 다른 경찰차에 타고, 커다란 경찰서에 끌려갔다. 경찰차는 처음 타보는 것이었다. 여자 경찰관이 옆에 앉아서 내 손을 잡고 이런저런 질문을 했다. 집은 어디니? 아까 그 아저씨랑은 어디서 만났어? 지금 몇 학년? 그녀는 우리 음악 선생님을 닮았다. 부드러운 소프라노의 목소리도 비슷하고, 손바닥이 말랑말랑한 것도 비슷했다. 나는 아무 대답도 하지 않았다. '사실은 우리 아빠 맞아요' 하고 말할 용기도, '언니는 오페라 가수 해도 되겠네요' 하고 얼버무릴 배짱도 없었다.

나는 여자 경찰관의 손에 이끌려 엘리베이터에 올라 교무실 비슷한 장소로 갔다. 커다란 창문 아래 책상이 죽 놓여 있고, 어른들이 드문드문 자리에 앉아 일을 하고 있었다. 경찰 언니가 나를 구석 자리로 데려가 앉혔다. 책상에는 금방이라도 무너져 내리지 않을까 불안할 정도로 자료가 수북이 쌓여 있었다. 여자 경찰관이 내게 시원한 오렌지 주스를 사다 주었다.

눈썹이 짙은 젊은 경찰과 여자 경찰이 내 앞에 앉아 이것저것 물었다. 나는 점점 뭐가 뭔지 알 수 없었다. 번갈아 반복되는 두 사람의 목소리조차 그저 우웅 하는 소음으로만 들려, 나란히 앉은 두 사람의 얼굴을 쳐다보는 것 말고는 아무것도 할 수 없었다. 말 중간에 끼어들어, '사실은 진짜 우리 아빠예요'라고 할 수도 없었고, '혹시 둘이 사귀어요?' 하고 딴청을 부릴 수도 없었다. 나는 창밖으로 눈길을 돌렸다. 물감으로 빈틈없이 칠한 것처럼 하늘이 새파랬다.

'민박집에서 나와서 아빠는 나를 어디로 데려갈 생각이었을까?'

문득 그런 생각이 들었다.

"죄송해요."

기어 들어가는 목소리를 말하자, 찰칵 하고 스위치를 켠 것처럼 눈물이 주르륵 흘러내렸다.

“어머, 왜 그러니?”

눈썹이 짙은 경찰과 소프라노 목소리의 여자 경관이 얼굴을 들이밀었다.

“죄송해요.”

나는 다시 한 번 용서를 빌었다.

“죄송해요, 죄송해요.”

죄송하다는 말을 할 때마다 바보같이 눈물만 흘렀다. 눈물은 줄줄 흘러넘치는데, 대체 누구에게 뭘 죄송하다고 사과하는지 알 수 없었다.

아빠와 나는 책상 하나만 덜렁 놓여 있는 살풍경한 작은 방에서 나이 많은 경관에게 실컷 야단을 맞았다. 그는 개그맨처럼 몸집이 뚱뚱한데다, 담배를 쥐는 손가락이나 땀을 닦는 손 모양 하나하나에도 거만함이 배어 있었다. 아빠는 줄곧 고개를 숙이고 경관의 목소리가 높아질 때마다 기어들어가는 목소리로 죄송하다며 굽실거렸다. 나도 아빠를 따라서 고개를 숙이고 점점 더 작게 몸을 움츠렸다.

저녁이 다 되었을 무렵에야 경찰서에서 풀려났다. 우리는 아무도 배웅해 주는 이 없이 근엄한 경찰서 문을 나섰다. 후텁지근한 공기가 확 끼쳤다. 줄줄이 이어진 지붕들 너머로 하늘은 여경이 준 오렌지 주스처럼 주황색이었다.

아빠에게 궁금한 것이 많았지만—내가 오렌지 주스를 마

시는 동안 어디서 무슨 일을 당했는지, 설마 고문 같은 걸 당한 건 아니겠지?—차마 물어볼 수가 없었다. 아니 아빠를 제대로 쳐다볼 수도 없었다. 아무리 그래도 그렇지 내가 너무 심한 짓을 했다고 반성하고 있었고, 아빠가 무지 화가 났을 거라고 생각했다. 다 큰 어른이 사람들 보는 앞에서 경찰에 체포되어 DNA 검사라도 하자며 소란을 피운데다, 호된 취조를 당한 후에는 덤으로 돼지 같은 아저씨에게 꾸지람까지 들었으니까.

아빠는 아무 말 없이 걷기 시작했다. 나는 조금 떨어져서 아빠의 발뒤꿈치를 보며 걸었다. 번갈아 내딛는 아빠의 발까지도 화가 난 것처럼 보였다. 이제 나한테는 아주 정나미가 떨어진 건 아닐까? 나를 유괴한 걸 후회하는 건 아닐까?

만일 지금 오렌지 빛 하늘에서 하느님이 내려와 내게 무엇이든 단 한 가지 소원을 들어주겠노라고 한다면 나는 주저 없이 시간을 되돌려달라고 할 것이다. 아빠가 차표를 사러 뛰어간 그때로 되돌려달라고. 그런 생각을 하는 순간, 눈앞에 보이던 운동화를 신은 발이 걸음을 멈췄다.

"돈가스 덮밥은 안 주더라."

고개를 들자 아빠가 나를 내려다보고 있었다. 화가 난 것 같지도 않고, 피곤해 보이지도 않았다. 그렇다고 웃고 있는 것도 아니었다.

“돈가스 덮밥?”

“텔레비전 같은 데서 보면 경찰서 취조실에서 돈가스 덮밥을 시켜주잖아. 그래서 계속 기다렸는데 안 주더라고.”

아빠가 다시 걷기 시작했다.

“나는 오렌지 주스를 얻어 마셨는데.”

“넌 피해자니까 그렇지. 나는 주스는커녕 담배도 없고, 돈가스 덮밥도 없고 말이야.”

그대로 앞을 향한 채 말한 후 손목시계를 보고는 중얼거렸다.

“시간이 꽤 늦었네. 오늘은 어디서 자나……”

그날 밤 나는 엄마에게 전화를 걸었다.

아빠는 여관에 있는 노천 온천과 사우나를 보고 어린애처럼 흥분했다. 대체 뭐가 그리 좋은지.

“아빠는 목욕하는 데 시간이 좀 걸릴 테니까 하루는 하고 싶은 걸 하며 놀아. 오락실에 가서 게임을 하든지 아니면 방에서 텔레비전을 보든지.”

아빠는 달랑 오백 엔짜리 동전 하나를 주고는 유카타 차림으로 신바람이 나서 온천탕으로 가버렸다.

이렇게 얼빠진 유괴범이 다 있을까 하고 감탄할 지경이다. 오백 엔짜리는 내 지갑에 넣고 아빠의 지갑에서 십 엔짜리 동전 다섯 개를 슬쩍했다.

공중전화는 프런트 옆에 있었다. 나는 전화기에 십 엔짜리를 집어넣고 조심스레 번호를 눌렀다. 엄마가 보고 싶어서 그런 건 아니었다. 그렇다고 여기가 어딘지 고자질할 속셈도 아니었다.

송신음이 들리자마자 엄마가 전화를 받았다. 뒤이어 날카로운 목소리가 들렸다.

"다카시?"

다카시는 아빠의 이름이다.

"엄마, 나야. 하루."

"하루니? 너 지금 어디야? 몸은 괜찮아? 지금 뭐 하고 있니? 옆에 아빠 있어? 괜찮아? 하루, 너 엄마 말 듣고 있어?"

쏟아지는 질문들이 마치 따발총을 쏘아대는 것 같았다. 정말 오랜만에 듣는 엄마의 목소리였다. 이성을 잃었을 때면 터져 나오는 혀 짧은 소리. 오늘은 보통 때보다 세 배는 속도가 빠르니까 흥분도 백이십 퍼센트 정도?

"응, 별일 없어. 다 괜찮아."

하고 짤막하게 대답했다.

"거기 아빠 있니? 지금 어디서 뭘 하고 있는 거야?"

"그것보다 엄마는 괜찮아? 나는 잘 지내니까 걱정하지 마."

"거기 아빠 있어? 너 지금 어디야? 뭐 하고 있는 거야?"

아무래도 엄마에게는 내 목소리가 안 들리는 것 같다.

'여긴 말이야, 바닷가 바로 앞에 있는 여관이야. 지금껏 묵었던 곳 중에서는 제일 좋은가? 현관도 넓고 슬리퍼도 쫙 놓여 있고, 프런트도 넓고 샹들리에도 있어. 그래도 고급 호텔은 아니야. 가격도 싸대. 아빠가 거의 횡재 수준이라고 그러니까 가격에 비해서는 좋은 여관이랄까? 우리 방은 3층이고 베란다 문을 열면 바다가 보여. 파도 소리도 들리고. 지금은 어두워서 아무것도 안 보이지만 말이야. 대형 목욕탕에 사우나도 있고 노천탕도 있어. 나도 아까 목욕하고 왔어. 욕조가 몇 개나 있는 엄청 큰 목욕탕이야. 거품탕도 있고 향기가 나는 탕도 있었지만 나는 그런 데 별로 오래 못 있잖아. 아빠는 노천탕이 있다고 좋아서 죽으려고 해. 지금도 목욕하러 갔어. 간 지 30분도 넘었는데, 아직 안 오네. 아빠 정말 어린애 같지? 거품탕 같은 게 뭐가 그렇게 좋다고. 어떻게 생각해 엄마?'

이런 말을 해봤자 하나도 안 들어주겠지. 그래서 간단하게 할 말만 했다.

"아빠는 옆에 없어. 그리고 지금 어디 있는지도 모르고. 어딘지 모르는 여관. 별로 걱정 안 해도 돼."

"별로 걱정 안 해도 된다면서 경찰서에는 왜 간 거야? 대체 둘이서 뭘 하는 거냐구? 아빠는 지금 뭐 하는데?"

엄마는 우리가 경찰서에 갔다는 것을 어떻게 알았을까? 경찰에서 엄마한테 전화라도 했나? 아아, 아빠는 이번 일 때문에 또 엄마한테 엄청 무시당하겠군. 만약 그렇다면 경찰한테 당한 것보다 더 지독하게 혼이 날 것이다. 듣다 못한 내가 엄마의 말을 가로막았다.

“그보다 있지, 뭐 하나 물어보고 싶은데.”

“하루, 아빠랑 둘이서 대체 뭘 하는 거냐니까? 이상한 사건에 말려든 건 아니지? 집에 오긴 오는 거니? 엄마는 이제 너희 아빠라는 사람한테 완전히 질렸다.”

“물어보고 싶은 게 있다니까!”

엄마는 전혀 내 말을 들어주지 않았다. 나는 소리를 꽥 질렀다. 현관에서 슬리퍼를 정돈하던 여자가 깜짝 놀라 이쪽을 본다.

“아빠 요구가 뭐야? 엄마랑 아빠, 둘이서 무슨 거래를 하고 있는 거야?”

“그런 건 몰라도 돼. 그보다 잘 들어 하루. 밥은 제대로 먹고 다니니? 싸움 같은 데 휘말리고 그러는 거 아니지? 아빠는 널 제대로 보살펴주던? 그리고 아빠 좀 바꿔줬으면 좋겠는데. 아직 거기 없어?”

순간, 삐 하고 엄마의 목소리를 차단하는 듯한 기계음과 함께 전화가 끊어졌다.

　수화기를 제자리에 올려놓고 한동안 초록색 전화기를 바라보다가 마음을 고쳐먹고 오락실로 갔다. 엄마에게 전화를 건 것이 후회스러웠다.

　오락실에는 손님이 한 명도 없었다. 텅 빈 공간에 컴퓨터에서 흘러나오는 방정맞은 음악 소리만 울렸다. 슈팅 게임기 앞에서 계속 바뀌는 화면과 마주하고 앉아, 화면에 비친 밋밋한 내 얼굴을 물끄러미 쳐다보았다. 뭐 하러 전화를 했지? 엄마의 목소리가 듣고 싶었던 것도 아니고 일러바칠 것도 아니면서.

　유카타를 입은 커플이 들어와 핀 볼 게임을 시작했다. 게임기의 화면에 그들의 모습이 비친다. 그들은 게임은 하는 둥 마는 둥 시시덕거리고 있었다. 남자는 금발이고 여자는 머리가 핑크색이다. 서로 등에다 팔을 두르고 딱 들러붙어 있는 폼이 한 쌍의 잉꼬 같았다.

　나는 내가 전화를 건 이유를 분명히 알고 있었다. 엄마 아빠가 하는 거래에, 그리고 엄마 아빠 사이에 있는 나는 모르는 사정에 나도 끼고 싶었던 것이다. 끼워주지 않을 거란 건 알고 있었다. 딱할 정도로 이성을 잃은 엄마가 혀 짧은 소리로 밥은 잘 먹냐, 대체 뭘 하냐, 그렇게 물으리란 것은 뻔히 알고 있었다. 아니 끼워주지 않아도 된다. 그래도 나는 최소한 엄마에게서 '하루야, 재밌니?'란 소리를 듣고 싶었다.

'어디 있니? 잘 지내? 괜찮아?'에 이어 '어떠니? 재밌어?'란 말을 듣고 싶었다.

양 손을 활짝 펴고 게임기의 화면을 힘껏 쳤다. 퍽 하고 허풍스러울 정도로 큰 소리가 났다. 그래도 화면은 깨지지 않았다. 핀 볼 게임기 앞에 앉은 커플은 여전히 시시덕거리고 있고, 내 양 손만 저리도록 아플 뿐이었다.

"아아, 기분 죽인다. 천국이 따로 없네. 최고야 최고!"

삶은 문어처럼 벌개진 아빠가 방으로 돌아와 맥주를 마시기 시작했다.

"하루, 너도 마셔볼래?"

내가 고개를 끄덕이자 아빠는 컵에 황금색 액체를 반쯤 따라주었다. 아빠는 자기 컵을 기분 좋게 비우고 만족스럽게 숨을 내쉰다. 반쯤 담긴 액체를 전구에 비추자 행복하다는 듯이 반짝였다. 유혹하듯이 터지는 작은 거품들을 보면서 환상적인 맛일 거라고 생각했는데, 쓰고 냄새나고 아무튼 장난이 아니었다. 나도 모르게 뱉어내는 모습을 보고 아빠가 웃었다.

"하루, 수영하러 갈래?"

맥주를 세 병이나 비운 후 불쑥 아빠가 말을 꺼냈다.

"밤이야."

"밤이니까 좋지. 넌 모르겠지만 밤에 수영하면 정신이 아득해질 만큼 기분이 좋다고. 게다가 깜깜하니까 조금 무서워서 스릴도 만점이지. 어때? 가자!"

그것은 내게 상당히 매혹적인 제안이었다. 왜냐하면 그 말을 들은 내 몸이 아사코 이모가 흉내 내기 대회를 할 때보다, 비디오 상영회가 시작될 때보다, 다 함께 패션쇼를 할 때보다 훨씬 더 달아올랐으니까. 자 가자, 하고 아빠는 일어나 앞이 벌어져 드레스 자락처럼 보이는 유카타 차림으로 방을 나서려 했다.

"잠깐! 수영복으로 갈아입을 테니까. 아빠도 얼른 수영복 입어."

"홀딱 벗고 헤엄치는 게 기분 좋다니까. 수영복 같은 거 입어봐야 헛수고야. 밤인데 누가 본다고."

그렇게 말하고 방에서 나가버린다. 서둘러 아빠 뒤를 쫓아 방을 나섰다.

밤의 해변에는 정말 아무도 없었다. 불꽃놀이를 하는 사람도 손을 잡고 산책하는 커플도 없었다. 눈앞에 펼쳐진 바다는 깜깜하고, 파도 소리는 끊임없이 울리는 북소리 같았다. 철썩거리며 파도치는 해안만 팔랑팔랑 나부끼는 리본처럼 하얀 빛을 띠고 있었다.

정말 유카타를 벗어 던지려는 아빠를 나는 필사적으로 말렸다.

“왜 그래?”

“아무리 그래도 아빠는 어른이잖아. 어른이 홀딱 벗고 헤
엄치면 변태 같아 보인다구. 누가 보기라도 하면 또 어쩌구.
한바탕 소동이 나야 알겠어? 그냥 옷 입고 해.”

“그런가?”

아빠는 잠시 생각하더니, 그러지 뭐, 하고는 유카타를 입
은 채로 파도 속으로 들어갔다. 나는 반바지만 벗고 티셔츠
는 입은 채 물에 들어갔다. 바닷물이 생각보다 차가웠다. 그
래서 아빠와 나는 비명을 지르며 성큼성큼 앞으로 나갔다.

“뭐가 기분이 좋다구 그래? 심장 마비로 숨이 멎겠다! 아
빠 순 거짓말쟁이! 이건 아동 학대라고!”

소리를 지르자 서늘한 기운이 조금은 덜했다. 그래서 말
이 되건 말건 계속 소리를 질러댔다.

“꺄악! 이제 그만! 추워! 나 이제 나갈래! 으윽, 추워라.”

그렇게 계속 소리를 지르자 아빠가 내 팔을 단단히 붙잡
았다.

“조금만 더. 조금만 더 들어가면 따뜻해질 거야. 진짜로
기분이 끝내준다니까.”

아빠는 그렇게 외치면서 몇 번이나 파도에 휩쓸려 넘어지
면서도 아랑곳 않고 깊은 곳을 향했다. 어느새 발이 닿지 않
을 만큼 깊어졌다. 순간 나는 겁이 났다.

"아빠, 발이, 발이 안 닿아! 나 빠지겠어! 나 죽는 거 그냥 보고 있을 거야? 아빠, 바보!"

있는 힘껏 소리를 질렀지만, 아빠가 양 팔을 집고 있어서 물에 빠질 것 같지는 않았다. 그뿐만 아니라 물속의 온도가 천천히 바뀌었다. 온몸을 감싼 바닷물은 뜨뜻미지근하고 젤리처럼 부드러웠다. 아빠가 두 손으로 내 등을 받치고 있어 몸에서 힘을 빼자 둥실 파도 위로 떠올랐다. 아빠의 손이 천천히 떨어졌지만 내 몸은 신기하게도 그대로 떠 있었다. 아빠도 내 옆에서 같은 자세를 취한다. 우리는 해와 달처럼 물에 둥둥 뜬 채로 손을 잡았다. 사위는 깜깜하고 머리 위에서는 작은 별들이 반짝거렸다. 이 세상이 아닌 장소, 바다가 아니라 하늘에 가까운 곳에 누워 있는 느낌이었다. 파도가 간질이듯 온몸을 뒤흔들었다. 정말 정신이 아득해질 정도로 기분이 좋다. 그대로 잠이 들어버릴 것 같았다.

파도 저 너머로 우리가 묵고 있는 여관이 우뚝 솟아 보였다. 군데군데 이빨이 빠진 것처럼 오렌지색 불이 켜져 있다. 그걸 보니 커다란 크리스마스 케이크가 생각났다.

"아빠, 아까는 미안했어."

나는 어둠에 대고 중얼거렸다.

"돈가스 덮밥 나오면 점심 값 굳겠다고 좋아했는데, 계산이 빗나갔어."

잡은 손 너머에서 아빠의 목소리가 들려왔다.

"짠돌이."

하고 웃는 순간, 몸이 눈 깜짝할 사이에 가라앉는다. 물에 떠 있는 아빠의 하얀 유카타를 필사적으로 붙잡았다.

"아이 씨, 물 먹었잖아. 한참 기분 좋았는데."

아빠도 균형을 잃고 물에 가라앉았다가 수면 위로 머리를 내밀고 웃었다. 우리의 웃음소리가 잔잔한 수면을 흔들었다.

아빠의 하얀 유카타가 언뜻언뜻 보일 정도의 어둠 속에서 우리는 발을 저어 헤엄을 치고, 그러다 지치면 통나무처럼 바다에 떠 있었다. 나는 내가 엄마와 아빠는 물론 그 누구와도 이어져 있지 않는 아이처럼 느껴졌다. 아까 전화로 얘기한 사람은 생판 모르는 사람이고, 지금 옆에 있는 사람도 잘 모르는 사람인 듯한 기분이었다. 아빠 엄마라고 부를 수 있는 사람이 단 한 번도 곁에 있지 않았던 것 같은 기분. 하지만 결코 외롭거나 슬프지는 않았다. 오히려 황홀할 정도로 멋진 기분이었다. 그것은 멀리 오렌지색 불빛을 바라보면서 캄캄한 파도 위에 누워 있는 기분과 너무나 비슷했다.

아사코와 유코 이모는 엄마의 동생이다.
그리고 외할머니는 엄마의 엄마. 우리 집에 자주 오는 이들
가운데 나는 유코 이모가 제일 좋다. 세상에서 제일 좋아하
는 사람은 물론 엄마고, 아사코 이모와 외할머니도 좋아하
지만.

유코 이모는 우리 외가 식구 중에서 제일 활발한 사람이
다. 흥에 겨울 땐 도가 지나친 나머지 아사코 이모에게 야단
을 맞기도 하지만, 나는 그녀가 사실은 그렇게 정신없는 사
람은 아니라고 생각한다. 나와 둘만 있을 때는 난리를 치지
도 않고, 실없이 깔깔대지도 않고, 괴상한 소리를 지르지도
않는다. 이를테면 '어디 한번 진지하게 얘기해 볼까' 모드로
바뀌는 것이다. 그래서 서로 진지한 얘기를 나눈 적도 몇 번
이나 있다. 나는 이모의 비밀도 안다. 그래서 유코 이모가
좋은지도 모르겠다.

가끔씩은 엄마도,

"네 생각을 솔직하게 말해 봐."

하는 식으로 분위기로 끌고 가지만 유코 이모와 달리 거의가 설교다.

철이 들면서 나는 엄마의 두 여동생 그리고 외할머니와 친했다. 친가 쪽 할머니나 할아버지보다 훨씬 더. 외갓집이 우리 집에서 그리 멀지 않은 곳에 있기 때문이기도 하고, 엄마를 따라 외갓집에 가끔 놀러갔기 때문이기도 하다. 그리고 외갓집에는 짜증 나는 여자애도 정신 연령이 낮고 상스러운 남자애도 없었다.

아빠가 태어나서 자란 집은 엄청 추운 곳에 있다. 그곳에는 손가락으로 꼽을 정도밖에 가지 않았다. 그러나 그 몇 번 안 되는 방문으로도 충분했다. 우선은 할아버지 할머니가 하는 말을 통 알아들을 수가 없었다. 말이 빠른데다 사투리도 엄청나게 심했다. 뿐만 아니라 온몸이 사르르 녹아들 것처럼 말의 울림이 따스했다. 무슨 소린지 몰라 우두커니 서 있어도 할머니 할아버지는 뭐든 친절하게 대해주셨다. 하지만 아빠는 할아버지와 툭하면 싸웠다. 큰 소리를 지르고, 때로는 물건을 집어던지기도 했다.

그리고 그 집에는 드나드는 사람이 무진장 많다. 할아버지의 동생과 그 부인, 그 집 자식들인 몇 쌍의 부부, 또 그 아이들, 할아버지의 여동생과 그 남편, 그 집 자식들 부부, 또 그 아이들, 할머니의……, 아 모르겠다. 큰아버지도 거기서 처음 만났다. 기분 나쁜 아저씨였다. 얼굴은 개기름으로 번들거리고 머리는 포마드로 떡칠을 해서 딱 달라붙어 있고. 더구나 입만 뻥긋하면 자식 자랑이었다. 거기서 끝나면 그나마 참아줄 텐데 마무리는 늘 우리 식구를, 다시 말해 아빠 엄마와 나를 무시하는 말로 맺었다. 그런데다 이 아저씨의 자식이란 것들이, 둘이서 만날 들러붙어 다니는 초강력 심술꾸러기 계집애들이다. 늘 나를 힐끔거리며 자기들끼리 속닥거리거나 낄낄댄다. 또래의 사촌들을 모두 한편으로 만들어 나를 무시하는 것으로도 모자라, 내 손수건과 작은 곰돌이 인형도 훔쳤다. 할아버지네에서 돌아오던 날, 그 넓은 집 안을 찾아다니느라 허둥대는 나를 멀리서 지켜보며 히죽거렸다.

지금은 누구네 자식인지도 생각나지 않지만, 정신 연령이 의심스러운 저질 꼬마 녀석도 있었다. 나보다 한 학년 위인데도 치마를 들추지 않나 머리카락을 잡아당기지 않나, 가만히 있는데 몸을 밀쳐 넘어뜨리질 않나, 게다가 침까지 질질 흘렸다. 그것도 최악의 기억 중 하나다. 아무튼 아빠네 고향 집은 지옥이었다. 거기선 내가 아이라는 게 정말 싫었다. 그렇게 무시무시한 상황 속에 있어야 하니까. 그나마 멀리 떨어져 있는 것이 다행이고, 바쁘다는 이유로 아빠가 자주 가려 하지 않는 것도 천만다행이다.

아무튼 외갓집에서는 그런 대참사가 벌어질 염려가 전혀 없었다. 그래서 나는 외갓집이 좋았다. 어른들끼리 거실에 모여 정신없이 수다를 떠느라 나를 혼자 내버려두는 일이 많았지만, 그런 건 아무렇지도 않았다. 따돌림을 당하고 아이스케키를 당하느니, 혼자서 조용한 집 안을 돌아다니는 편이 훨씬 낫다.

나는 외갓집에서 유코 이모와 친해졌다. 수다를 떨다가 지치면 유코 이모는 거실에서 살짝 빠져나와 나를 데리고 산책이나 쇼핑을 나갔다.

유코 이모는 우리 집과 외갓집의 중간쯤에서 혼자 산다. 사실은 혼자가 아닌데, 혼자 사는 걸로 되어 있다.

내가 유코 이모네 집에 간 것은 딱 한 번뿐이다. 왜 갔는지는 벌써 잊어버렸다. 이모가 보고 싶어서 혼자 덜렁덜렁 찾아간 것인지, 아니면 이모가 오라고 불러서 갔는지.

아파트의 2층에 있는 이모의 집은 무척 작았다. 작은 부엌과 부엌 안쪽에 다다미방이 있었다. 내가 갔을 때 부엌 식탁에서 어떤 남자가 피자를 먹고 있었다. 나를 본 그 남자는 먹던 피자를 허겁지겁 입 안에 쑤셔 넣고, 아, 아아, 안녕? 하고 인사했다. 그 남자는 내가 처음 보는 타입이었다. 아빠처럼 실실거리지도 않고, 학교 선생님처럼 성실해 보이지도 않고, 깔끔한 미남도 아니었다. 비쩍 마른 염소 같았다. 그

남자가 담배인지 맥주인지를 사러 나가자 유코 이모가 웃으
며 말했다.

"이건 우리만 아는 비밀이야."

"뭐가?"

"이모 집에 갔더니 낯선 남자가 피자를 먹고 있더라는 얘
기."

"아까 그 사람 누구야?"

"애인."

식어서 치즈가 접시에 들러붙은 피자를 손끝으로 집으며
유코 이모가 작은 소리로 대답했다.

"여기서 같이 살아. 이것도 비밀이야."

이모가 입술에 집게손가락을 갖다 댔다. 그것이 우리 사
이에 생긴 첫 비밀이다.

그후로 유코 이모네 집에 간 적은 없다. 따라서 마른 염소
같은 그 남자와 다시 마주친 적도 없다. 나는 유코 이모랑
둘이서 얘기할 때나 아빠의 고향 집이 떠오를 때면 슬그머
니 그때 생각을 한다. 장난감처럼 조그만 부엌과 그 창문에
서 새 들어오던 은색 햇살, 아, 아아, 안녕? 하던 목소리, 비
밀이야 하고 웃었던 유코 이모의 얼굴을, 전부 한꺼번에.

점심때가 지나 기차를 탔다. 두 번을 갈아타고 5시가 돼서야 개찰구를 빠져나왔다. 무지무지 배가 고팠다. 왜냐하면 호텔에서 아침을 먹을 때 아빠가,

"오늘은 점심 값 절약해야 되니까 지금 많이 먹어두자."

하고 말했기 때문이다. 우리는 밥통에 들어 있던 밥을 남김없이 먹어치웠다. 그때는 배가 터질까 봐 움직이지도 못할 정도로 배가 불렀는데, 신기하게도 12시가 가까워오자 어김없이 배가 고팠다. 기차에 앉아 있을 때, 도시락 파는 차장이 통로를 몇 번이나 오갔지만 아빠는 도시락을 사자는 소리를 하지 않았고, 나도 꾹 참았다. 우리는 차장이 미는 카트 속을 보지 않으려고 창밖만 보고 있었다. 1시쯤 되자 아빠의 배에서 꼬르륵거리는 소리가 났고, 그에 화답하듯 내 배도 꼬르륵거렸다.

"미리 많이 먹어봐야 아무 소용없구나."

아빠가 혼잣말처럼 중얼거렸다.

"한번에 왕창 먹고 몇 끼를 건너뛸 수 있다면 인간의 가능

성은 훨씬 더 폭넓어질 텐데."

아빠를 따라 내린 역은 저녁놀 속에서 오렌지색으로 빛나고 있었다. 플랫폼을 둘러싼 초록색 산들도 오렌지색, 역 이름이 쓰인 간판도 오렌지색, 개찰구도 오렌지색, 모든 것이 오렌지색 알사탕 속에 갇힌 것 같았다. 매미 울음소리가 귓속으로 파고든다.

"자, 지금부터 좀 걸어야 돼."

돌아보며 말하는 아빠의 얼굴도 오렌지색이었다.

좀 걸어야 한다더니 좀이 아니었다. 개찰구에서 나와 역 앞 광장을 지나 가게들이 줄지어 선 상점가를 지나, 가끔 자동차만 지나다니는 도로의 갓길을 하염없이 걸었다. 길가에 드문드문 있던 집도 사라지고, 초록색 잎이 카펫처럼 깔린 밭만 죽 이어졌다. 밭 사이로 난 오솔길을 끝없이 걷는 사이에 해는 벌써 산 너머로 저물어버렸다. 하늘이 검푸른 색으로 변하도록 우리는 걷고 또 걸었다.

"아빠, 나 배고파."

목소리가 쉬어 있었다. 옷은 땀에 젖어 축축하고 침이 고이지 않을 정도로 목도 말랐다. 배가 너무 고파서 다리에 힘이 하나도 없었다.

"나도다."

앞장서 걷는 아빠의 목소리도 쉬어 있었다.

“어디까지 가야 되는데?”

아빠가 멈춰 서더니 왼편에 우뚝 선 산을 가리킨다.

“저 위까지.”

아빠는 맥없는 목소리로 그렇게 대답했다. 그러고는 가방을 고쳐 메고 좁은 길을 왼쪽으로 꺾어 산을 향해 걸어갔다.

“아빠, 우리 쓰러져 죽을지도 몰라.”

내가 그 자리에 선 채로 말했다. 진심이었다. 당장 뻗을 지경인데 배는 고프지 사방은 어두워지지, 저 꼭대기까지 도저히 갈 수 없을 것 같았다.

“아빠, 우리 택시 타자.”

몇 걸음 앞서 가던 아빠가 천천히 나를 돌아보면서 맥 빠진 표정으로 대답한다.

“있어야 타지.”

“부르면 되잖아.”

“무슨 수로?”

공중전화를 찾으려고 주위를 두리번거렸지만 전화는커녕 집 한 채, 자동차 한 대 보이지 않았다. 보이는 것이라고는 그저 초록 잎사귀만 짜증 날 정도로 무성한 밭뿐이었다.

“그럼 밥이라도 먹자.”

“어디서?”

아빠가 힘없이 되묻는다.

물론 패밀리 레스토랑도 없고, 맥도날드나 켄터키 프라이드치킨도 없다. 아무리 둘러봐도 보이는 것이라고는 밭과 눈앞에 솟아 있는 산뿐.

"가자."

아빠가 내 눈을 보며 말했다.

"아니면 역 근처까지 되돌아가서 뭐 먹을래?"

나는 그 자리에 우뚝 선 채로 지금껏 걸어온 길을 머릿속으로 떠올렸다. 몸서리가 쳐졌다.

"그냥 가."

나는 무거운 발걸음을 앞으로 옮겼다.

다행히 산으로 접어드는 좁은 길 어귀에 다 망가져가는 자동판매기 한 대가 오도카니 서 있었다. 음료수가 나온다는 것까지는 알겠는데, 견본의 라벨이 바래서 뭐가 뭔지 알 수가 없었다. 아빠가 동전을 꺼내 자동판매기에 넣고 버튼을 눌렀다. 안 나오면 어떡하나 걱정했는데, 데구르르 툭, 하는 소리가 나면서 시원한 음료수 캔이 굴러 나왔다. 등산로 어귀에 앉아 아빠는 냉커피를, 나는 오렌지 주스를 단숨에 들이켰다. 무슨 맛인지도 몰랐다. 시원한 액체가 목구멍을 타고 내려가는 느낌이 그저 상쾌할 뿐이었다.

연푸르던 하늘 색이 점차 짙어지고, 좀 전까지만 해도 초록색이었던 산이 빛바랜 실루엣처럼 보였다. 우리는 한 사람이나 겨우 지나다닐 좁은 산길을 묵묵히 걸어 올라갔다. 발치는 어둡고 고개를 들어 위를 쳐다보아도 나무 숲 사이로 감색 하늘만 언뜻언뜻 보일 뿐이었다. 그 자리에 쭈그리고 앉아 울고 싶을 정도로 불안했다. 그런다고 누가 와서 도와줄 리도 없으니까, 앞서 가는 아빠의 하얀 티셔츠를 열심히 쳐다보면서 있는 힘을 다해 오르막길을 올라갔다.

"살다 보면 이런 때도 있는 거야."

갑자기 아빠가 앞을 향한 채 말했다.

"잘 기억해 둬. 살다 보면 이런 때도 있는 거야. 택시도 없고, 에어컨 바람이 시원한 레스토랑에 앉아 음식이 나오길 기다릴 수도 없고, 그렇다고 돌아갈 수도 없는 상황. 그저 앞으로 나아가야만 할 때도 있는 거라고. 요즘 너희들은 말야, 택시는 아무 때나 잡을 수 있는 것이고, 레스토랑은 아무데나 있는 것이고, 이도 저도 안 될 때는 누군가가 짠 하고 구세주처럼 나타나서 구해줄 거라고 생각하잖아. 늘 배부른 건 당연한 일이고, 목이 마르면 자동판매기를 찾으면 된다고 생각하지."

숨이 차서 뚝뚝 끊어지는 아빠의 목소리가 발밑에서 부러지는 나뭇가지 소리와 머리 위에서 바람에 흔들리는 나뭇잎 소리에 섞여 들려왔다.

"그래서 무슨 일에든 고맙고 기쁜 줄 모르고. 좀 이따가 봐. 꼭대기에 올라서면 기분이 얼마나 좋은지. 이렇게 쫄쫄 배를 곯고 몸은 뻗어버릴 지경인데, 그래도 뭔가를 해냈다고 생각하면 자기 자신이 엄청 훌륭한 사람으로 느껴질걸.”

“거기, 아저씨.”

나는 최대한 낮은 목소리로 아빠의 말허리를 잘랐다.

“이제 좀 그만하시지?”

아빠는 뒤돌아보지 않았다. 나는 그 자리에 멈춰 섰다. 말하기조차 귀찮았지만, 도저히 듣고만 있을 수가 없었다. 그리고 온몸의 힘을 짜내 소리를 질렀다.

“분명히 말해 두겠는데, 너희들이 나하고 또 누군데? 그리고 배가 고프면 먹을 만한 곳을 찾아야지. 목이 마르면 주스를 찾는 것도 당연한 일이고. 아니면 굶어 죽으란 거야? 그 따위 소리나 할 거면 아빠는 평생 먹지도 말고, 마시지도 말고, 차도 타지 말고, 레스토랑에도 가지 마! 뭐? 기쁘다고? 고맙고 기쁘고 뭔가 해냈구나 하고 느끼는 거, 간단한 일이라구. 일부러 쫄쫄 굶겨서 힘 빠지게 해놓고, 짐승들이나 다니는 이런 산길을 헤매게 하지 않아도 된단 말이야. 아침밥을 든든히 먹어두자는 둥, 자기가 쫌생이처럼 구는 건 그냥 넘어가는 주제에 그런 영감 같은 소리는 집어치우란 말이야!”

소리를 지르면서도 생각처럼 말이 나오지 않아 더 짜증이 났다. 어디 한번 굶어 죽어보라고, 아침에 세웠던 아빠의 계획은 실패로 끝났다고 말하고 싶은 것은 아니었다. 나는 아빠와 불꽃놀이만 해도 정말 신이 난다고, 역 앞에서 큰 소리로 고함을 질러서 경찰서에 끌려가게 한 일만 해도 뭔가를 해낸 것이라 생각한다고, 그런 말이 하고 싶었다. 설사 아빠가 아는 모든 아이들이 진심으로 기뻐해본 적이 없다 하더라도 내 앞에서는, 그들과 다른 내 앞에서는 그런 말을 해서는 안 되는 것이다.

아빠는 아무 말이 없었다. 뒤도 돌아보지 않고 걸음도 늦추지 않았다. 그저 말없이 덤덤하게 걸을 뿐이었다. 하얀 티셔츠가 사방을 가득 메운 나뭇잎 너머로 사라지려 한다. 마음대로 하라지, 혼자 가버릴 거면 가버리라구. 나는 그 자리에 버티고 서 있었다. 하얀 등짝이 어둠에 빨려들듯 홀연 사라졌다. 나는 쪼그리고 앉아 나무토막처럼 뻣뻣한 다리를 두드리고 주무르면서 숨을 가다듬었다. 고개를 들고 주위를 둘러보았다. 축 처지고 옆으로 뻗은 나뭇가지와 빽빽하게 매달려 있는 잎사귀밖에 보이지 않았다. 그것들은 엷은 어둠 속에서 거뭇거뭇하고 무겁게 보였다. 아빠의 발자국 소리와 나뭇가지 부러지는 소리도 더 이상 들리지 않았다.

쪼그리고 앉은 채 흙먼지로 더러워진 운동화를 손끝으로 만지작거렸다.

'이제 어떡하지?'

나는 신기할 정도로 초조하지도 불안하지도 않았다. 그냥 여기서 자야 되나? 밖에서 자본 적은 없지만 그냥 누워 자기만 하면 되니까 쉬울지도 모르지. 벌레에게 물리지는 않을까? 곰 같은 동물이 튀어나와 짖거나 물지는 않을까? 그러면 뭐 어때.

벌레나 뱀에게 물리거나, 불행히도 곰이나 늑대의 습격을 받아 만에 하나 죽는 일이라도 생기면 아빠는 엄청나게 후회하겠지. 괜한 소리를 해서 나를 열 받게 해놓고 그냥 두고 간 일을. 그리고 나를 유괴한 일을. 아빠는 앞으로 평생, 엄마보다 더 좋은 사람이 생기거나 나보다 더 귀여운 아이가 태어나도 나를 잊지 못할 것이다.

운동화를 만지작거리며 그런 생각을 하고 있는데 천천히 발자국 소리가 다가왔다. 고개를 들자 어둠 저편에서 하얀 티셔츠가 흐릿하게 보였다. 그것은 마치 촛불 같았다.

"미안하다. 아빠가 잘못했다."

아빠가 내 바로 앞에 서서 말했다. 나는 아빠가 내민 손을 잡고 일어나 엉덩이에 묻은 흙을 털었다.

이런 인적이 드문 산꼭대기에 호화 호텔이나 온천탕에 수영장에 게임 센터까지 딸린 별장이 있기를 기대한 건 아니지만, 꼭대기에 올라간 나는 솔직히 실망이 컸다. 그곳에는 작은 절이 있었다. 그리고 우리가 올라온 방향 반대편 비탈에는 무덤들이 소리 없이 누워 있었다. 그뿐이었다. 상쾌는 무슨 얼어죽을 상쾌.

"절이다."

숨이 차 어깨를 들썩거리며 나도 모르게 내뱉었다.

"그래, 유원지 같지는 않구나."

아빠가 그렇게 말하면서 절 문으로 들어섰다. 경내는 고요했다. 정면에 문이 닫힌 절이, 그 옆에는 작은 집이 있었다. 집 현관에는 동그란 오렌지색 전등이 켜져 있었고, 그 불빛에 비친 주위는 흐릿하게 밝았다.

"누구 아는 사람 성묘하러 온 거야?"

끝없이 가라앉는 기분을 다잡기 위해 나는 농담 삼아 말했다. 하지만 말을 해놓고 보니 재미있기는커녕 오히려 기분만 더 우울해졌다.

"아니, 오늘은 여기서 잘 거야."

아빠가 오렌지색 불빛을 향해 걸어간다.

"아는 사람 집이야?"

"아니, 너 숙방이라고 알아? 숙방이라고 해서 여행하는 사람들을 재워주는 절이 있어. 여기가 그런 데야. 절은 숙박료가 무지 싸거든. 게다가 초호화 덤까지 있고."

그런 말을 듣자 왠지 무지 슬퍼졌다. 결국 싼 잠자리를 찾아서 그 고생을 하며 여기까지 올라온 것이다. 둘이서 말다툼까지 해가면서. 어쩌면, 아니 분명 우리 아빠는 지지리도 못난 가난뱅이거나 궁상맞은 구두쇠다. 어느 쪽이든 나는 슬프다. 엄마에게 요구하고 있는 건, 역시 내 몸값일지도 모른다.

여닫이 문 옆에 붙어 있는 인터폰을 누르자, 허리가 굽은 할머니가 나왔다.

"저, 여기서 재워주신다고 책에서 보고 왔는데요. 하룻밤 묵어 갈 수 있을까요?"

그 말을 들은 할머니가 무척 미안하다는 표정으로 대답했다.

"아아, 이제 그 일은 그만뒀어요. 벌써 2년 전부터 숙방은 운영하지 않는데. 책이요? 아아, 그거 옛날 책일 거예요. 이제 우리는 안 하니까 책에 싣지 말라고 재작년에 출판사에다 전화까지 했는데."

할머니는 거기까지 말하고는 입을 딱 벌리고 우리를 쳐다보았다. 아마도 우리가 너무도 처량한 표정을 짓고 있어서였을 것이다.

그러더니 휴우 하고 한숨을 내쉬었다.

"알았어요. 여기까지 이렇게 오셨는데 어쩔 수가 없네요. 이런 시간에 시내까지 다시 내려가기도 그렇고, 도착해도

94

한밤중일 테니까요. 이번 한 번만 특별히 자고 가세요. 그 대신 비밀이에요. 그 책에는 하룻밤에 얼마라고 나와 있던 가요? 오백 엔? 그럼 그렇게 하지요."

친절한 말투였다.

"감사합니다. 정말 고맙습니다. 그런데 저기, 아침밥을 먹은 후로 아직 아무것도 못 먹어서 그러는데……."

쉰 목소리로 아빠가 횡설수설했다. 할머니는 우리를 찬찬히—말 그대로 머리끝에서 발끝까지—살펴보더니 피아노 음처럼 높은 목소리로 웃었다.

현관에 들어서자 복도를 따라 오른편에 좁은 방이, 왼편에 부엌과 식당이 보였다. 우리는 여러 가지 물건이 어수선하게 널려 있는 식당으로 안내되었다. 산더미처럼 쌓인 헌책과 작은 종이 상자, 나무 상자, 술병 같은 것들이 넘쳐나는 가운데 아무것도 올려져 있지 않은 작은 밥상이 하나 덜렁 놓여 있었다. 아빠와 나는 밥상 앞에 앉았다.

"어쩌나, 우리는 벌써 저녁을 먹었는데. 둘밖에 없는데다 음식 남기는 걸 싫어해서 될 수 있는 한 먹을 만큼만 만들거든요. 대접할 게 없어서 미안하군요."

할머니는 그렇게 말하며 부엌에서 등을 돌린 채 뭔가를 만들기 시작했다. 부엌에도 이런저런 물건이 많았다. 조미료 통과 요리 잡지, 뭉쳐놓은 슈퍼의 비닐 봉지와 빈 과자

껍데기 같은 것들이 여기저기 널려 있었다. 나는 그런 광경에 왠지 마음이 푸근해졌다.

할머니가 내놓은 것은 주먹밥에 야채 절임과 된장국이었다. 아빠와 나는 고맙다는 인사도 잊은 채 정신없이 먹었다. 그것은 주먹밥이 아닌 것 같으면서도 정말 난생처음 먹어보는 맛있는 주먹밥이었다. 나도 모르게 맛있다! 하고 탄성을 터뜨릴 뻔했지만, 그 말까지 꿀꺽 삼켰다. 그랬다가는 당장 그것 봐, 바로 이런 맛을 가르쳐주고 싶었다니까, 하고 아빠가 잘난 척을 할 테니까. 그런데 문득 이런 생각이 스쳤다. 나란 애는 정말 짜증 나는 애다. 그래서 결국은,

"정말 맛있다."

하고 작은 목소리로 말했다. 할머니가 곁에서 실눈을 뜨고 웃었다.

"정말 맛있습니다. 이렇게 맛있는 주먹밥은 처음이에요."

아빠도 말했다.

우리가 밥을 먹고 있는데, 머리가 벗겨진 할아버지가 식당 안을 슬쩍 들여다보면서 인사를 건넸다. 우리도 인사를 했지만 고개를 들자 벌써 사라지고 없었다.

식사가 끝나자 할머니가 디저트로 자몽을 내왔다. 둘로 쪼갠 자몽 한가운데에 설탕이 뿌려져 있었다.

"이렇게 좋은데, 재워달라는 사람은 전혀 안 오나요?"

숟가락으로 자몽 알맹이를 떠내며 아빠가 물었다. 할머니는 내 옆에 앉아 고개를 한 번 크게 끄덕이고는 비밀 이야기라도 하듯이 목소리를 낮췄다.

"그래도 3년 전까지는 손님이 좀 있었어요. 그런데 소문이 나면서 점점 줄어들었지요. 일 년에 한두 명 올까 말까 하니까 식사 준비를 해놓기도 그렇고 해서 그만두기로 했어요."

"소문이라뇨?"

아빠가 물었다. 할머니는 아빠와 나를 번갈아 본 후 손끝으로 시선을 떨구고 이야기를 시작했다.

"여기까지 온 사람에게 할 얘기는 아니지만, 그래도 말하는 편이 좋겠죠. 오륙 년 전이었나? 여기 여름에는 사람이 꽤 많이 왔어요. 시원하고 산에서 내려가 차로 조금만 가면 바다도 있고 하니까. 그날은 날씨도 무척 덥고 묵으러 온 사람도 상당히 많았죠. 가족끼리 온 사람도 있었고, 연인도 있었고, 학생들도 있었죠. 본당에 자리를 잡고들 자는데, 참 북적거렸죠. 보다시피 이렇게 좁은 곳이니까 말이에요. 같은 날 묵은 사람들은 다들 친해져서 애들은 베개 던지기를 하고 어른들은 둘러 앉아 술도 마시고. 한밤중 두 시나 돼서야 겨우 잠이 들고 그제야 조용해졌어요. 나는 아침 준비를 해놓고 자려고 늦게까지 깨어 있었지요."

열린 창문으로 살랑살랑 바람이 불어 들었다. 언젠가 무더운 여름 밤, 머리맡에 앉은 누군가가 부채질을 해준 일이 생각난다. 누구였을까? 외할머니? 엄마? 아니면 아빠? 입 안에 남은 설탕 알갱이가 까슬거렸다. 할머니는 마치 누가 왔는지 확인하는 것처럼 유리 문 너머에 있는 툇마루를 쳐다보더니 다시 말을 이었다. 그 모습을 보고 나도 모르게 그쪽을 쳐다보았지만, 문에 쳐놓은 발이 천천히 흔들리고 있을 뿐이었다.

"쌀도 씻어놓고 야채 절임도 썰고 조림거리를 냄비에 옮겨 담고 있는데, 갑자기 '실례합니다' 하고 잘못 들었나 싶을 정도로 작은 목소리가 들리는 거예요. 그래서 현관에 나가봤더니 어떤 여자가 서 있는 거예요. 감색 바탕에 나팔꽃 무늬가 있는 유카타를 입고, 새하얀 얼굴에 붉은 입술이 참 어여쁜 여자였지요. 그런데 짐이고 뭐고 하나 없이, 유카타의 허리춤에 하얀 부채만 꽂은 차림이더라구요. 내가 '무슨 일이세요?' 하고 물었더니 그 여자는, '아는 사람이 오늘 여기에 묵는다고 해서, 늦은 밤에 실례지만 저도 재워주실 수 없나 해서요' 이러는 거예요."

나는 옆을 쳐다보았다. 아빠는 톱날 모양의 디저트 숟가락을 손에 쥔 채 눈도 깜빡하지 않고 할머니의 이야기에 빠져 있다. 위험해. 이건 위험하다고. 분명 이야기가 위험한 쪽으로 흘러갈 거야. 그런 예감이 들었지만, 그렇다고 그 자리를 떠날 수도 두 손으로 귀를 틀어막을 수도 없었다. 나도 아빠와 마찬가지로 주름에 파묻힌 할머니의 얇은 입술을 바라보았다.

"'아는 분이 계시거든 들어오세요' 하고 본당으로 안내한 후에 부엌에 돌아가려다가 문득, 아는 사람을 쉬 찾을 수 있을까 하고 걱정이 돼서 복도로 다시 돌아가 본당을 살짝 엿봤어요. 그랬더니 유카타를 입은 그 여자가 이렇게 천천히 한 사람 한 사람의 자는 얼굴을 들여다보면서 본당 안을 걸어다니더라구요. 발자국 소리 하나 안 났어요. 한 사람 한 사람에게 마치 숨결을 내뿜듯이 들여다보는데, 창으로 비치는 달빛에 여자가 반짝반짝 빛나는 것처럼 보였죠. 모두 다 살펴본 것 같은데 아는 사람은 없었나 봅디다. 그런데도 그 여자는 내 쪽으로 오지 않고, 본당의 창문을 활짝 열더니 그대로 밖으로 나가버렸어요. 나는 놀라서 뒤를 쫓아가, 아는 사람이 없어도 그냥 자고 가라며 본당에서 밖으로 뛰어나갔는데……."

할머니는 말을 멈추고 다시 한 번 툇마루 쪽을 바라보았다. 아빠가 침을 삼키는 소리가 꿀꺽, 하고 울렸다.

"벌써 가고 없었어요. 아무데도 없더라니까. 묘지 주변도 찾아봤는데 땅으로 꺼진 것처럼 사라지고 없었어요."

할머니는 나와 아빠를 흘끗 쳐다보았다. 우리는 아무 말도 하지 않았다. 방금 전에 먹은 자몽의 맛이 새삼 쓰게 느껴졌다.

"그런데 그 여자가 다음 해에도 온 거예요. 그것도 같은 날 같은 시각에. 그해는 자고 가는 사람이 많지 않아 별로 붐비지 않았죠. 두 시 가까이 돼서 현관에서 유카타 차림으로 서 있는 여자를 맞이하고 내가 말했죠. 아는 사람이 있거든 들어오세요, 그리고 만약에 아는 사람이 없더라도 자고 가세요, 하고 말이에요. 그 여자는 기어 들어가는 목소리로 '잘 곳을 찾는 게 아니에요. 아는 사람을 찾아야 합니다' 하고 말하고 또 본당으로 쓱 들어갔어요. 작년처럼 한 사람 한 사람씩 조용히 숨결을 불어넣듯이 얼굴을 살피고 다니다 또 유리창을 열고 밖으로 나가버렸죠. 나도 얼른 뒤를 쫓아갔지만 여자의 모습이 흔적도 없이 사라진 건 작년이나 마찬가지였어요. 그런데 딱 하나 다른 점은, 이번에는 묘지 쪽에서 누가 흐느끼는 소리가 들렸다는 거에요. 어린애 숨소리보다 더 작고 가냘픈 소리였죠. 이상한 일이지만 나는 하나도 무섭지가 않았어요. '어디 있어요? 자고 가세요. 얼른 나오세요' 하면서 무덤 사이를 찾아다녔죠. 결국 아무도 없었어요. 돌무덤 전체가 흐느끼듯 우는 소리가 들리기는 한데, 어디서 들리는 건지도 알 수가 없었죠."

순간 드르륵, 하고 식당 문이 열렸다. 아빠와 나는 화들짝 놀라 소리 없는 비명과 함께 몇 센티미터나 펄쩍 뛰어올랐다. 복도로 이어지는 문 너머에 아까 본 대머리 할아버지가 잠옷 차림으로 서 있었다.

"그만하면 됐어!"

할아버지가 문을 닫아버리자, 할머니는 혓바닥을 살짝 내밀고 나를 향해 웃었다. 하지만 나는 그 미소에 웃음으로 답하지 못했다.

"그, 그 여자가 요즘도 오나요?"

침을 세 번이나 삼키고 나서야 겨우 그렇게 물었다.

"그후로도 몇 년은 계속 왔어요. 그러다 보니 해마다 손님의 얼굴을 보러 유령이 나타난다는 소문이 나돌았지요. 그래서 손님을 그만 받기로 하고, 그해에 다시 나타난 그 여자에게 내가 얘기를 했어요. 내년부터는 여기서 자고 갈 사람이 없을 테니까 당신이 찾는 사람은 없을 거라고요. 그해부터 오지 않더군요. 그러니까 괜찮아요. 안심하고 푹 자요."

할머니는 그렇게 말하고 자몽 접시를 치웠다.

어느 방을 빌려주나 궁금했는데, 할머니의 뒤를 따라 간 긴 복도 끝에 휑한 본당이 있었다. 검은빛이 도는 마룻바닥, 달빛이 비치는 유리 문, 안쪽에 조용히 서 있는 불상, 그 주변에 놓인 장엄한 장식물들, 그 둘레를 희미하게 밝히고 있는 두 자루의 초. 전신에 소름이 좍 끼쳤다. 다리를 타고 올라오는 싸늘한 마룻바닥의 기운 때문만은 아니었다.

"여기서 자야 돼요?"

내가 물었다. 입 안이 바짝 타 들어갔다.

"그래, 넓지? 여기서 자면 돼요. 그리고 이불은 저기 벽장 보이지? 저 안에 들어 있으니까 필요한 대로 꺼내서 써요. 그리고 욕실은 복도 맨 끝에 있으니까 편하게 쓰세요. 우리는 벌써 목욕을 했으니까 사양하지 말고. 그럼 안녕히 주무세요. 좋은 꿈 꾸시고."

할머니는 그렇게 연극 대사 같은 말만 남기고 복도로 나가버렸다. 좀 전까지만 해도 이야기에 푹 빠져 있었던 아빠는 벌써 잊어버렸는지, 아니면 무섭지 않은 척 연기를 하는 것인지 너무도 태연해 보였다.

"그럼 땀도 많이 흘렸으니까 아빠는 목욕이나 하고 와야겠다. 하루가 이불 좀 펴둬라."

나는 욕실로 가려는 아빠 앞을 가로막았다. 이 어두컴컴한 본당에 나만 남겨두고 가버리다니, 말도 안 되는 소리다.

"땀은 벌써 다 말랐잖아. 지금 목욕하면 보나마나 감기 걸릴걸. 그리고 여긴 이렇게 시원한데 뭐. 그러니까 목욕은 내일 해, 내일. 응? 내일 하란 말이야."

아빠는 그런 나를 보고 '하기는' 하고 중얼거리더니 불상의 왼편 뒤쪽에 있는 벽장으로 걸어가 이불을 끌어내렸다.

다다미 쉰 장 정도는 깔 수 있을 만큼 넓은 본당 안의 어디에다 이불을 펼 것이냐를 두고 우리는 한참이나 입씨름을 벌였다. 아빠는 무슨 일이 생겨도 부처님이 지켜줄 거라며 불상 바로 앞이 좋다고 했지만, 나는 희미한 촛불에 비친 불상의 얼굴, 특히 그 반쯤 감은 눈이 움직일 것만 같아서 절대로 싫다고 주장했다. 결국 우리는 복도로 통하는 문에 딱 붙여서 이불을 펴기로 합의했다. 이제는 잠만 자면 된다, 푹 잠들어버리면 무슨 일이 있든 무슨 상관이랴 하고 스스로를 안심시키고 있는데 아빠가 어이없는 제안을 했다.

"우리, 담력 시험 할까?"

기가 막힌 나는 입을 딱 벌리고 아빠를 쳐다보았다. 아빠는 티셔츠로 갈아입고 이불 위에 서서 만면에 웃음을 띠고 있다.

"아직 9시도 안 됐잖아. 잠깐 묘지 주변을 산책하고 오자."

"미쳤어? 절대로 안 가."

강하게 부정할 셈이었지만, 내 목소리는 어린아이가 거짓말을 둘러댈 때처럼 맥없이 들렸다.

"괜찮다니까. 요즘은 안 나타난다고 할머니도 그러셨고, 둘이 있으니까 아무 염려 없어."

"악, 악취미야."

"그러냐? 여름엔 뭐니뭐니 해도 담력 시험이 최곤데."

아빠가 나를 힐끔 곁눈질한다.

"그럼 알았어. 잠도 안 오는데, 나 혼자라도 갔다 와야겠다."

그 말을 들은 나는 파다닥 아빠의 팔을 붙잡았다.

"그래, 담력 시험인지 뭔지 가자고 가! 그 대신 절대 나 혼자 두고 가면 안 돼! 그랬다간 무슨 일을 당할지 모르니까. 전에 나 때문에 경찰서에 갔던 거 기억 나지? 마음만 먹으면 더 심한, 더 더 심한 일도 할 수 있다구."

"알았다 알았어. 같이 가자."

우리는 본당의 여닫이 문을 열고 삐걱거리는 나무 계단을 내려가 경내를 가로질러 묘지로 향했다. 달빛 아래서 주위는 어슴푸레했다. 검은 물감이 묻은 붓을 물에 씻은 듯한 색이었다. 저녁때까지만 해도 그렇게 요란하게 울어대던 매미 녀석들도 다 잠이 들었는지 아무 소리도 들리지 않았다. 가끔씩 바람이 나무를 간질이듯 불어와 잎사귀들이 서로 부딪히는 소리가 나직하게 울렸다.

산비탈에 있는 묘지는 생각보다 넓었다. 비석들로 나누어진 길은 좁고 미로처럼 구불구불 뒤얽혀 있었다. 나는 아빠의 팔을 손가락이 파고들 정도로 힘껏 잡았다. 혹 흐느끼는 소리가 들리지는 않을까, 귓속이 다 아플 만큼 귀에다 신경을 집중했다.

"아침이 되면 경치가 아주 좋겠는데. 죽어서 이런 데 묻히는 것도 괜찮을 거 같아. 하지만 아무래도 좀 그런가? 올라오는 길이 너무 힘들어서 사람들이 성묘하러 잘 안 오려나? 그렇지도 않으려나? 꽃이 꽤 많이 꽂혀 있네. 아, 술이랑 과자도 있다. 대단한걸."

아빠는 태평하게 말하며 좌우에 있는 무덤을 가리켰다. 엷은 어둠 속에 말없이 서 있는 회색 비석 앞에는 과연 노랑, 빨강, 자주 같은 색색의 꽃이 꽂혀 있고, 투명한 액체가 든 유리병도 놓여 있었다. 그런 것에 일일이 감탄할 정도로 여유는 없었지만.

아빠는 무덤 사이로 난 좁은 길을 오른쪽 왼쪽으로 돌며 걷는다. 머리 위에서 무슨 희미한 소리가 난 것 같은 느낌에 고개를 들자, 저 높은 곳에 빽빽하게 달린 잎사귀가 그림자처럼 흔들리고 있었다.

"아까 그 이야기, 사실일까?"

말없이 걷기가 불안했다. 가능하면 당연히 거짓말이지, 하고 대답해 주길 바랐다.

"사실, 아닐까?"

나는 입을 다물었다. 주위가 너무도 고요하다. 늘어선 무덤들이 갑자기 들이닥친 침입자를 감시하듯 우리를 향해 싸늘한 시선을 보내고 있는 것만 같았다.

"그 여자는 누굴 찾아다녔을까?"

이제 그 이야기는 그만했으면 좋겠다.

"글쎄."

"틀림없이 자기 애인이었을 거야. 애인하고 한 무슨 약속이 있다거나 할 말이 있었거나, 그런 거겠지. 그 여자, 아직도 찾고 있을까? 어디 다른 데서 말이야."

아빠가 모퉁이를 돌더니 갑자기 입을 다물었다. 아빠보다 몇 발짝 뒤쳐져 걸어가던 나도 모퉁이를 돌다가 헉 하고 숨을 멈췄다.

지금까지 걸어온 길과 마찬가지로 무덤에 둘러싸인 좁은 통로가 있을 뿐인데, 그 끝 무덤에 작은 불이 밝혀져 있었다. 아주 가느다란 촛불 같은 빛이 마치 하늘에 붕 떠 있는 것처럼 깜빡깜빡 힘없이 흔들리고 있었다.

"아얏, 아파, 하루!"

아빠의 팔을 잡은 손가락에 너무 힘을 주었나 보다. 손에서 힘을 빼는 대신 두 손으로 아빠의 팔을 꽉 잡는다.

"저게 뭐지? 촛불인가? 누가 불을 켜놓고 갔나?"

상기된 목소리였다. 하지만 아빠는 걸음을 되돌리지 않았다. 아니, 오히려 그쪽으로 천천히 다가갔다. 아빠 이제 그만 가자, 그쪽으로 가면 안 돼, 하고 말하려고 몇 번이나 입을 열었지만 목소리가 나오지 않았다. 나는 그저 입만 뻐끔거리고 있었다.

한 걸음 한 걸음 그 무덤으로 다가간다. 머리 위에서 나뭇잎들이 소슬거린다. 오늘 저녁, 우리가 오기 전에 누군가가 와서 꽃을 꽂아두고 촛불을 켜놓고 갔을 거야. 그래, 그랬을 거야. 하지만 바람이 불고 있는데 어떻게 지금까지 꺼지지 않았지? 그리고 촛불이란 게 원래 저렇게 깜빡거리는 거였나? 아니, 아니야. 몇 시간이나 꺼지지 않을 만큼 무지 긴 초일 거야. 그리고 바람이 잔잔해서 꺼지지 않은 거고. 혼자서 자문자답을 해가면서 아빠에게 끌려가듯 앞으로 나아갔다. 온몸에 닭살이 돋아 부드러운 바람이 스칠 때마다 가슬가슬하게 느껴졌다.

“하루.”

아빠가 조그만 소리로 속삭인다.

“저거 촛불이 아니야.”

무덤 몇 미터 앞까지 다가간 아빠가 그렇게 말한 순간, 나도 모르게 오줌을 지릴 뻔했지만, 아빠의 등 뒤에 딱 달라붙어 납작하게 얼굴을 파묻고 꾹 참았다.

“반딧불이야.”

아빠의 등으로 목소리가 울렸다. 나는 아빠 등에서 얼굴을 떼고 옆구리께로 살짝 고개를 내밀었다.

나는 반딧불이란 것을 처음 보았다. 맨 끝에 있는 다나카 집안의 무덤이 아니라 그 옆에 있는 키 작은 나무에 몇 마리가 앉아 있었던 것이다. 내 새끼손가락 끝마디보다 작은, 푸르고 하얀 빛이 확 번졌다가 몇 초 후면 싹 사라진다. 그 바로 옆에서도 또 반짝 하고 빛이 나다가 잠시 후면 빨려들듯 사라지고. 아빠와 나는 숨을 죽이고 그 신비로운 빛을 바라보았다. 여기서 반짝 저기서 반짝, 희미한 빛이 끊임없이 이어진다. 그 고요하고 희미한 빛은 주변의 소리를 전부 빨아들이면서 끝없이 반짝거렸다. 소리 없는 크리스마스, 어디 다른 세상에서 열리는 파티 같았다.

다음날 아침, 할머니가 본당으로 아침밥을 가져다 주었다. 소반에는 작은 그릇이 오밀조밀 놓여 있었다. 할머니는 본당의 유리 문을 활짝 열고, 햇빛이 비치는 곳을 피해 소반을 내려놓고 가버렸다. 아빠와 나는 마주 앉았다. 상당히 호화로운 아침 상이었다. 보름달 같은 계란 프라이. 간 무를 곁들인 생선 구이. 자그마한 그릇에 담긴 산뜻한 색상의 샐러드. 유부와 당근을 섞어 버무린 반지르르한 녹미채. 흰 살 생선을 넣고 끓인 된장국. 명란에 무친 곤약. 참깨 소스를 끼얹은 시금치. 우리는 밥통에서 밥을 퍼 담고 잘 먹겠습니다 하고 합창했다.

열어놓은 유리 문 너머로 하얀 물감을 뿌린 것처럼 강렬한 햇살이 쏟아지고, 무성한 나무들의 초록빛은 눈이 시릴 정도로 선명했다. 새하얀 지면에 드리워진 그림자는 느릿느릿 기어가듯이 움직이고, 매미 소리가 말을 걸듯 하염없이 울려 퍼진다. 열린 창으로 바람이 불어 들어 볕이 따갑게 내리쬐는 바깥 경치와 정반대로 무척 시원하다. 문살 틈으로 보이는 하늘에는 솜사탕 같은 구름이 몇 점 떠 있다. 모든 것이 조용했다. 나는 길고 빨간 젓가락으로 연신 접시 위의 음식들을 입으로 가져갔다.

마치 시간이 멈춰버린 것 같았다. 아빠는 아무 말 없이 가끔 나처럼 실눈을 뜨고 유리 문 너머로 펼쳐지는 경내를 내다보면서 쉴 새 없이 젓가락질을 하고 있다.

나무들이 드리운 엷은 그림자를 빼고는 온통 새하얀 경내에 또 하나의 광경이 어렴풋이 오버랩되었다. 나는 그 광경을 뚫어져라 쳐다보았다. 뜬금없이 떠오른 광경이 점차 뚜렷해졌다.

나와 아빠 그리고 엄마가 직사각형의 갈색 테이블 앞에 앉아 있다. 아빠와 엄마는 긴 쪽에 마주 앉아 있고, 나는 짧은 쪽에 두 사람보다 높다란 의자에 앉아 있다. 엄마 뒤에는 커다란 창문이 있다. 커튼 없는 창문은 열려 있고, 느릿느릿 흘러가는 뭉게구름이 보인다. 어디였을까? 테이블 한가운데 놓인 커다란 접시에는 베이컨과 토마토, 달걀, 마요네즈에 버무린 참치와 오이가 팔레트에 짜놓은 그림물감처럼 놓여 있다. 그리고 케첩, 마요네즈, 겨자, 버터, 간장, 소금 같은 것들도 여기저기 널려 있다. 엄마는 작은 칼로 롤빵 가운데를 가르고 있다. 아빠에게 뭐라고 묻고, 베이컨과 토마토를 빵에 끼워 케첩과 마요네즈를 듬뿍 뿌려서 건네준다. 엄마가 뭐라고 얘기하자 아빠가 웃는다. 아빠가 나를 쳐다보자 나도 웃는다. 엄마 뒤쪽 창문에서 들어오는 햇빛이 갈색 테이블에 비스듬한 그림자를 드리운다. 어디였지? 뭐라고 말을 하고 있는데, 여기 있는 내게는 들리지 않는다.

나는 눈을 부릅뜬다. 문득 머릿속에 떠올라 지금 눈앞에 펼쳐지는 현실보다 선명해지는 그 광경이 대체 무엇인지 기억하기 위해서.

내 뒤에도 커다란 창이 있다. 역시 커튼은 걸려 있지 않다. 창은 열려 있고 똑같이 파란 하늘이 보인다. 그 창문 밑에는 의자에 앉은 내 몸집보다 커다란 곰 인형이 아무렇게나 놓여 있다. 그때서야 겨우 기억이 떠올랐다. 내가 초등학교 1학년 때까지 살았던 아파트다. 지금껏 한 번도 떠올리지 않았던 장소. 갈색 테이블과 커다란 곰 인형. 왜 지금 이런 곳에서 이렇게 갑자기 기억 난 것일까?

창문이 무척 많은 집이었다. 창문에서 들어오는 햇살에

곰 인형과 내 책가방, 그리고 엄마의 책 할 것 없이 금세 색이 바래버렸다.

'집 안에서 뛰어다니면 아래층 사람이 뭐라고 하니까 조용히 걸어 다녀.'

나는 늘 일부러 살살 걷는 흉내를 내다가 몸을 뒤로 젖히고 깔깔거렸다. 엄마 아빠의 방은 굉장히 좁았다. 테이블 바로 건너에 부엌이 있어서 엄마가 무얼 만들고 있는지 밥상을 차리기도 전에 알 수 있었다. 싱크대 앞 창가에는 파슬리 화분이 두 개 놓여 있었다. 어느 날 그 화분에 벌레가 껴서 나와 엄마는 한숨을 쉬며 꼼지락거리는 벌레들을 온종일 바라보았다. 수없이 많은 연두색 작은 벌레들이 파슬리 줄기를 바쁘게 오르내렸다.

"잘 먹었습니다."

아빠가 젓가락을 내려놓는다.

"나도."

나도 젓가락을 내려놓는다. 그릇에는 아무것도 남아 있지 않았다. 별로 좋아하지 않는 시금치까지 말끔하게 먹어치웠다. 아빠는 그 자리에 벌렁 누워 아아, 기분 좋다, 하고 중얼거리며 눈을 감는다. 나도 아빠를 따라 서늘한 바닥에 드러누웠다. 바람이 이마 위를 스치고 지나면서 머리카락을 쓸어 올렸다.

“아빠, 나 지금 막 전에 살았던 아파트 생각하고 있었다.”

“뭐?”

아빠가 누운 채 고개만 들어 나를 본다.

“하루, 너 기억 나니? 하나미야에 있던 아파트.”

“거기가 하나미야인지 어딘지는 모르겠지만, 창문이 많고 조용조용 걸어 다녀야 하는 집이었어.”

나는 높이 치솟은 천장의 나뭇결을 바라보면서 대답했다.

“맞아 맞아. 신기하다. 나도 지금 거기 생각하고 있었는데.”

아빠도 천장을 올려다보며 말했다.

“참 좁기도 좁았지. 식탁 때문에 부엌에 드나들기도 힘들 정도였으니까. 그래도 바람은 잘 통해서 맑게 갠 날에 창문을 활짝 열어놓으면 얼마나 상쾌했는지 몰라. 4층짜리 건물 맨 꼭대기 층이었잖아. 1층에 주인이 살고. 주인 영감이 얼마나 잔소리가 심했던지. 쓰레기며 자전거 때문에 싫은 소리 참 많이 들었다.”

나중에는 혼잣말처럼 중얼거리더니 아빠는 누운 채 길게 기지개를 켰다. 나는 천천히 눈을 감는다. 몸이 둥둥 뜨는 것처럼 기분이 좋다. 저 멀리서 매미가 운다. 그러고 보니 나는 요 며칠 동안은 패밀리 레스토랑 생각을 하지 않았다. 눈꺼풀이 무거워지면서 슬슬 졸음이 오는데, 문득 그런 생각이 났다. 머릿속으로 형형색색의 음식들이 실려 있는 패밀리 레스토랑의 메뉴를 펼쳐보지만, 음식 사진은 떠오르지 않고 감은 눈 아래로 햇빛만 반짝반짝 반사되고 있다. 그 반짝거림이 잠을 재촉한다. 눈부심이 점점 흐릿해지면서 어느새 나는 잠들고 말았다.

눈을 뜨고 주위를 둘러보았다. 아침 밥상은 온데간데없고, 옆에 누워 있던 아빠도 없었다.

몸을 일으키고 본당 앞쪽에 있는 마당을 내다본다. 눈이 부셔서 나도 모르게 눈살을 찌푸린다.

자리에서 일어나 할머니 할아버지가 사는 집 쪽으로 가면서 아빠의 모습을 찾았다. 아빠는 식당 구석에 있는 전화기 앞에서 낮은 목소리로 뭐라고 중얼거리고 있었다. 또 무슨 거래를 하고 있는지 귀를 곤두세우려는데 마침 할머니가 내 어깨에 손을 얹었다.

"어젯밤에는 그 여자 안 왔지?"

그렇게 말하며 장난에 성공한 어린아이처럼 웃었다.

"수박 먹을래?"

통화를 끝낸 아빠와 함께 할머니네 툇마루에 앉아 수박을 먹었다. 달디단 수박이었다. 엄마는 잘 있대? 거래는 어떻게 돼가? 하는 물음이 몇 번이나 입 안에서 맴돌았지만, 결국 달콤한 수박 물과 함께 삼켜버렸다.

저만치 머리 위에서 새들이 지저귀고 있다. 처음 들어보
는 새소리였다. 마당에 자란 잡초가 그 소리에 맞춰 하늘거
렸다.

우리는 버스와 급행열차를 갈아타고 번화한 도시에 도착했다. 역 안은 사람으로 발 디딜 틈 없이 북적거렸다. 아이들의 모습은 별로 없고, 대부분이 아빠보다 훨씬 나이가 많은 아저씨들이거나 엄마보다 나이가 들어 보이는 아줌마들 일행이었다. 아니면 남녀가 섞인 일행들이 둘러서서 얘기를 나누거나 쭈그리고 앉아 캔 술을 마시고 있었다. 쉴 새 없이 흘러나오는 구내 방송에서 다음 열차는 몇 번 승강장에서 출발하고, 환승역은 어디라고 안내하고 있었다.

아빠가 안내 창구에서 뭔가를 알아보는 사이에 나는 역 건물 1층에 있는 기념품 가게의 유리창에 내 모습을 찬찬히 비춰보고 있었다.

너 누구니? 하고 유리에 희미하게 비친 아이를 향해 묻고 싶었다. 그만큼 유리 속의 내 모습이 내가 아는 나와 동떨어져 보였다. 물론 눈 꼬리가 좀더 째졌더라면 어른스러워 보였을 눈매, 너무 커서 싫은 입 등 부분과 전체의 모습은 눈에 익은 나인데, 하지만 무언가가 달랐다. 마치 얇은 껍질 한 장만 남기고 알맹이는 전부 바뀌어버린 것 같았다.

부스스한 머리는 어중간하게 어깨까시 자라 있고, 제대로 손질하지 않아 삐죽삐죽 뻗쳐 있었다. 걸치고 있는 옷은 색이 바래고 꼴사납게 목이 늘어진 헐렁한 티셔츠와, 화려한 걸 좋아하는 엄마를 둔 축구 소년에게서 빌린 것 같은 칠부 바지. 그 밖으로 튀어나와 있는 팔다리는 깜짝 놀랄 정도로 햇볕에 그을려 있다. 얼굴은 더 심하다. 콧잔등은 까맣게 타다 못해 껍질이 벗겨져 벌겋다.

그리고 전체적으로 지저분하다. 그렇다, 정말 지저분하다. 내가 지저분해지고 있다는 것을 어렴풋이 알고는 있었다. 아빠 손에 이끌려 매일 밤 잠자리를 바꿔가면서도 목욕은 꼭 하는데, 때가 잘 빠지지 않는 것 같았다. 그것은 참 이상한 느낌이었다. 샤워 타월에 비누를 묻혀서 먼지와 때가 싹싹 씻겨나도록 박박 문지르는데도, 그을린 피부가 얼얼하기만 할 뿐 깨끗해졌다는 느낌이 들지 않는다. 아침에는 아침대로 아빠보다 오백 배 정도 시간을 들여 이를 닦고—아빠는 기껏해야 5초 정도 칫솔을 물고 있을까—열심히 비누 거품을 내서 정성껏 세수를 한다. 그런데도 밖으로 나와 기차와 버스를 갈아타고 돌아다니다 보면 어느새 어제보다 지저분하다는 느낌이 들기 시작한다. 지저분함은 얇은 막처럼 내 몸 전체를 뒤덮고 날마다 두꺼워져갔다.

그런데도 싫지는 않았다. 나는 그 점이 제일 놀라웠다. 지금의 내 모습을 엄마가 본다면, 미간을 잔뜩 찌푸리고 대체 어떻게 된 거야? 하고 물을 테고, 그런 소리를 들은 나는 세상에서 제일 더러운 아이가 된 것처럼 한없이 슬퍼했을 것이다.

나는 유리에 비친 지저분한 내 모습을 보며 꽤 괜찮은걸, 하고 생각했다. 아무리 엄마가 미간을 찌푸린다 해도, 유리 속에서 이쪽을 보고 있는 아이는 태어났을 때부터 줄곧 누군가와 함께 전국 각지를 도망 다닌 씩씩하고 멋진 아이로 보였다.

안내 창구에서 나와 이쪽으로 오는 아빠의 모습이 유리에 비친다. 아빠 역시 꾀죄죄한 모습이다. 아빠는 셔츠와 티셔츠가 한 장씩밖에 없다. 그래서 사흘에 한 번씩 빨아 입는데도, 둘 다 하얀색이라 누렇게 변하고 말았다. 게다가 간장이나 술을 흘려 갈색으로 얼룩진 부분도 눈에 띈다.

"왜, 갖고 싶은 거 있어?"

아빠는 곁으로 다가와 기념품 가게 앞을 떠나지 못하는 내게 물었다. 그러고는 금방 이렇게 덧붙였다.

"사줄 처지도 못 되지만."

여기서 또 버스나 기차를 타겠지 하고 생각했는데, 아빠가 향한 곳은 역 앞에 있는 슈퍼마켓이었다.

"뭐 살 건데?"

은색 카트를 미는 아빠에게 물었다. 아빠는 싱글싱글 웃기만 할 뿐 대답하지 않았다.

나는 아빠의 지갑이 점점 얇아지고 있다는 것을 어렴풋이 알고 있었다. 처음처럼 수영복이나 옷, 과자 같은 것을 척척 사주지도 않고, 보통 여관에서 자다가 절에서 잔 후로는 숙소를 정할 때마다 일일이 가격을 따졌다. 싼 여관을 찾기 위해 세 시간 넘게 여기저기 가격을 물으며 돌아다닌 적도 있다.

야채 코너에서 넋을 잃은 듯 진열대를 둘러보는 아빠에게 물었다.

"아빠, 돈 있어?"

아빠는 나를 내려다보며 어색할 정도로 큰 소리를 내며 웃었다.

"내가 그렇게 신용 없어 보이니? 돈이 없으면 슈퍼에 왜 들어와? 슈퍼에서 즐겁게 시간을 보내는 비결은 돈 같은 건 절대 생각하지 않고 닥치는 대로 사는 거야."

그런 말을 하면서 정말 피망, 양파, 양배추 같은 걸 바구니에다 막 집어넣었다.

걱정할 필요 없다는 말에 겨우 안심한 나는 슈퍼 안을 휘

휘 둘러보았다.

아아, 슈퍼다. 슈퍼야, 너 정말 오랜만이다!

그건 그렇고 정말 넓다. 시원하고, 밝고, 청결하고, 모든 물건들이 반듯하게 정리돼 있다. 그런데다 손님이 없어 한산했다. 샌들을 신은 아저씨, 짧은 바지 차림의 여자가 장보기고 뭐고 다 귀찮다는 듯이 진열대 사이를 걸어 다녔다.

"다음은 고기다. 하루, 그대를 고기 장관에 임명합니다. 좋아하는 고기를 마음껏 담아주세요."

그 말을 들은 나는 정육 코너로 달려가 냉기가 뿜어 나오는 선반에 얼굴을 바싹 붙이고 그야말로 열심히 고기를 골랐다. 금색 스티커가 붙어 있는 소고기 꽃등심 스테이크라. 이런 건 먹어본 적이 없다. 그리고 엄마가 튤립이라고 부르는 뼈가 붙은 닭고기. 치즈가 들어간 비엔나 소시지. 한 입 크기의 동글동글한 스테이크. 거기까지 집어 담고 아빠를 흘끗 쳐다보았다.

"장관님, 사양 마시고 마음껏 담으세요."

보석처럼 윤기가 자르르 흐르는 스키야키용 소고기와 얇게 썬 연분홍 빛 돼지고기도 마구 집어 담았다. 정말로 내가 다른 아이가 된 기분이었다. 그 정도로 나는 흥분해 있었다.

"과자 장관도 하고 싶은데요."

"허가합니다. 장관님, 과자를 골라주시죠."

나는 정육 코너에서 과자 코너로 뛰어갔다. 그리고 알록달록한 과자들로 꽉 찬 선반에서 과자를 고른다. 포테이토칩인데 처음 보는 포장이 있었나. 신제품인가? 아니면 지역 한정품? 우리 반 나카야마랑 다른 아이들이 맛있다고 했던 게 매운맛 스낵이었던가? 아니면 완두콩 과자였나? 이건 학교 뒤에 있는 가게에서 작년에 팔았던 불량 식품하고 똑같네? 그건 그렇고 세상에는 어쩜 이렇게 과자가 많지? 내가 과자를 미치도록 좋아하는 굶주린 송아지였다면, 무얼 먹을지 고민하다가 죽어버렸을 테지.

아빠와 함께 여기저기 떠돌아다닌 지도 벌써 두 주가 지났다. 날짜나 요일 감각 따윈 사라진 지 오래지만, 지금이 8월이니까 그 정도는 되었을 것이다. 그동안 이렇게 큰 슈퍼는 구경도 못했다. 나는 이렇게 편리하고 사람을 흥분시키는 거대한 장소가 세상에 있다는 사실 자체를 거의 잊어버리고 있었다.

"나는 조미료 장관이 되겠다."

이렇게 말한 아빠가 바비큐 양념을 고르는 것을 보고는 오늘 저녁이 무엇일지 짐작했다. 아빠도 나만큼이나 흥분했는지 고작 양념 하나 고르는 데 꽤 많은 시간이 걸렸다.

드디어 우리는 물건을 잔뜩 실은 카트를 밀고 계산대까지 갔다. 숨을 몰아쉬며 줄을 서서, 기계에 바코드를 찍는 말

꼬랑지 머리에 얼굴이 하얀 언니의 모습을 바라보았다. 물건이 하나씩 찍힐 때마다 삑삑 소리를 내며 합계가 화면에 나타난다. 그런데 카트 안의 물건을 반쯤 들어냈을 때부터 아빠가 안절부절못하기 시작했다. 언니가 금색 스티커가 붙어 있는 소고기 팩의 바코드를 찍는 순간이었다.

"자, 잠깐만요!"

아빠가 절박한 목소리로 외치며 언니의 손을 잡았다. 언니가 깜짝 놀라 손을 뺐다.

"잘못 가져왔어요. 집사람이 사오라고 한 건 다른 건데. 이런 큰일이네. 장 볼 목록을 적어 가지고 왔는데, 여기가 너무 넓어서 정신없이 담다 보니까 그만 필요 없는 것까지 담아버렸네요. 이러면 나 혼나거든요. 죄송합니다. 우리 집 사람 보통 무서운 게 아니라서 말이죠."

아빠는 횡설수설 무슨 소린지 모를 말을 늘어놓으면서 언니가 계산대에 꺼내놓은 물건을 다시 카트에 담기 시작했다. 언니는 벙찐 얼굴로 아빠를 쳐다보고는 나를 보고 당황스럽다는 듯이 미소 지었다. 나도 똑같이 미소로 답했다.

아빠는 가격을 살펴보면서 소고기와 과자, 야채를 선반에 되돌려놓으러 갔다.

"미안하다, 하루. 예상외로 지출이 늘어서 말이야."

얼굴이 빨개진 아빠가 말했다. 나는 아무렇지도 않았다.

아빠가 초라해 보이지도 않았다. 그저 조금 불쌍하게 느껴져 내가 말했다.

"카트에 뭐든 척척 집어 담을 때만 신 나잖아. 그렇게 많이 사봐야 둘이서 다 먹을 수 있는 것도 아니고. 아까 엄청 재미있었으니까 괜찮아."

아빠는 나를 보며 이마의 땀을 닦고 풀 죽은 목소리로 말했다.

"죄송합니다, 장관님."

아빠 괜찮아. 고기 장관이랑 과자 장관, 양념 장관이 아무리 많아도 지갑 장관이 없다는 것을 나도 잘 알고 있었다.

결국 우리의 장 보기에 카트 같은 건 필요 없었다. 야채 조금과 소고기, 돼지고기가 각각 한 팩, 그리고 소시지와 바비큐용 소스가 전부였다. 비닐 봉지 하나에 다 들어간 물건을 달랑달랑 손에 들고 버스에 올랐다.

이인용 좌석에서 나는 아빠의 팔에 기대어 잠들었다. 몇 번 정류장에서 출발하는 버스에 타야 하고, 몇 시에 출발하는 기차를 어디서 갈아타고 어쩌구. 이제 아빠가 무슨 말을 해도 불안하지 않았다. 혹시 집에 돌아갈 수 없는 것은 아닌지도 걱정되지 않았다. 나는 그냥 이대로 9월이 되어도 상관없었다. 버스의 흔들림에 이끌려 깜박 잠이 들었다가 퍼뜩 깨어나곤 했다. 간혹 귓가에서 슈퍼의 비닐 봉지가 바스

락거리는 소리가 들렸다.

종점에서 내리자 그곳은 녹음이 울창한 커다란 공원이었
다. 입구에 간판이 있었다. 다 지워져가는 글자를 눈으로 더
듬으며 읽어 나간다. 옹달샘 광장, 체력 단련 코스, 사이클
링 코스, 모터크로스 연습장, 바비큐 광장, 캠프장. 공원이
무지 큰 모양이다.

"오늘의 일정을 발표하겠다."

아빠가 간판 앞에 사천왕 포즈로 우뚝 서서 말했다.

"5시에 저녁 식사 및 다른 준비 시작. 7시에 바비큐 광장
에서 저녁 식사. 9시에 캠프파이어, 10시 반에 취침."

바비큐나 캠프파이어는 예상했지만 취침까지 하게 되리
라고는 예상치 못했다.

"공원 안에 잘 데가 있어?"

내가 묻자, 아빠는 간판에 그려진 캠프장 부근을 가리키
며 자신만만하게 대답했다.

"있지."

"하지만 우리는 아무것도 없잖아. 텐트고 없고 침낭도 없
고."

"아빠한테 좋은 아이디어가 있으니까 걱정 마."

아빠가 히죽 웃고는 입구 앞의 광장을 바라보고 말을 이
었다.

"5시까지 바비큐 광장에 오면 되니까 그때까지 아무데서
나 놀아. 캠핑 온 애가 보이면 꼬셔도 되고. 고기 같은 거 나
눠줄지도 모르잖아."

아빠는 그 말만 남기고 버스 정류장 옆에 있는 공중전화
로 향한다. 나는 공원 입구에서 사각 유리 부스 안에 들어간
아빠를 한동안 바라보았다. 아빠는 수화기를 귀에 대고 심
각한 표정을 짓고 있다. 집에 아무도 없어야 하는데. 거래
조건을 엄마가 받아들이지 말아야 하는데. 나도 모르게 그
런 생각을 하고 있는 자신에 놀라 나는 몸을 돌려 공원 안쪽
으로 뛰어갔다.

맨 먼저 잔디 광장이 나왔다. 잔디 광장 한구석에 체력 단
련 코스가 있었다. 공원 입구는 한산한데 안에는 꽤 사람이
많았다. 잔디밭에는 커플이 엎드려 있고, 원반 던지기를 하
는 사람도 있고, 가족끼리 도시락을 먹는 모습도 보인다.

체력 단련 코스에는 사람이 많았다. 내 또래 아이들이 줄
을 서서 순서를 기다리고 있었다. 나는 체육을 잘 못한다.
잘 하지도 못하는데 줄까지 서서 하고 싶지는 않았다. 나는
커다란 나무 밑 그늘에 드러누웠다. 고개를 오른쪽으로 돌
리자 고등학생인 듯한 여학생 셋이 비치 매트를 깔고 수영
복 차림으로 엎드려 있었다. 왼쪽으로는 파이프를 물고 신
문을 보는 할아버지가 보인다. 할아버지의 바로 옆에는 검

정과 하양 개 두 마리가 의젓하게 앉아 있다. 고개를 정면
으로 향하자 포개진 나뭇잎 사이로 액체처럼 파란 하늘이
보인다.

감은 눈꺼풀 속으로 새파란 하늘을 떠올리고 있는데 무릎
에 무언가 차가운 것이 살짝 닿는 느낌이 들었다. 눈을 떠보
니 고무공이었다. 알사탕처럼 노랗다. 공을 쫓아온 걸까, 할
아버지의 발치에 있던 검정 개가 바로 앞까지 와서 혀를 내
밀고 무슨 말이 하고 싶다는 듯 공을 쳐다보고 있었다.

"저."

고개를 들자 나와 차림새가 비슷한 남자애가 서 있었다.
키는 나보다 주먹 하나 정도 큰데, 피부는 나를 사흘 내내
표백하면 저러랴 싶을 정도로 하얗다. 무릎 길이의 반바지
에 헐렁한 티셔츠. 그 티셔츠는 내 정신 사나운 셔츠보다 훨
씬 세련돼 보인다.

"너가 이 개 주인이니?"

그런 말이 자연스럽게 흘러나와 나도 깜짝 놀랐다. 아빠
가 나를 보고 항상 너, 너라고 하니까 나도 모르게 그런 말
이 튀어나온 것 같다. 하지만 처음 보는 애에게 너라는 소리
를 듣고 기분 나쁘지 않을지 내뱉고 나서 생각하니 가슴이
두근거렸다.

"응, 검둥이라고 해. 저쪽은 흰둥이. 너무 쉬운 이름이지?"

남자애가 검둥이의 머리를 쓰다듬으면서 대답했다. 와우, 느낌이 무지 좋다. 느닷없이 너라고 말을 걸었는데도 방어적이지 않고 수상하게 여기지도 않고, 오히려 호의적인 반응이다.

"그럼 저분이 너희 할아버지니?"

나는 공을 건네며 물었다.

"응. 너는 혼자야?"

"아빠랑 같이 캠핑하러 왔어."

"응, 그래? 좋겠다. 나는 이 동네에 살아서 여기서 캠핑한 적 없는데. 뭐 그렇다고 다른 데서 한 적도 없지만."

남자애는 웃으면서 내 손에서 공을 받아 들었다.

그 아이는 그럼 안녕, 하고 손을 흔들고는 공을 멀리 던졌다. 그러고는 자 검둥아, 뛰어! 하고 외치고 쏜살같이 달려나가는 검둥이를 뒤쫓아 갔다.

5시가 되려면 아직 멀었지만, 나는 내 멋대로 시간을 마구 건너뛰어 바비큐 광장으로 향했다. 나는 정말로 껍질 한 장만 남기고 다 변해버렸는지도 모르겠다. 햇볕에 타지 않은 나였더라면 알지도 못하는 남자애에게 그런 식으로 말을 걸지도 않았을 테고, 그쪽에서 말을 걸어도 부끄러워서 일부러 모르는 척했을 것이다. 그러나 나는 알지도 못하는 남자애에게 말을 걸었고, 그쪽에서도 기분 좋게 대답해 주었다. 말을 나누는 것이란 이렇게 기분 좋은 일이다. 마치 슈퍼마켓에서 실컷 쇼핑을 하고 나온 기분이었다.

바비큐 광장에도 역시 사람이 많았다. 모두들 여기저기에서 불을 피우고, 바비큐 세트를 조립하고, 야채를 씻고 있었다. 아빠를 찾는 데 시간이 한참 걸렸다.

아빠는 공중화장실 가까운 곳에서 숯불을 피우느라 얼굴이 벌겋게 달아 있었다. 아빠가 있는 곳만 벌레 먹은 것처럼 잔디가 듬성듬성했다.

"웬 거야, 그거?"

바비큐 세트를 가리키며 내가 물었다.

"빌렸어."

"그래? 빌려주기도 하는구나. 괜찮은 곳이네. 있지 아빠, 나 아까 어떤 애를 꼬실라 그러다 그만뒀어. 이 동네에 산다는데, 캠핑하러 온 것 같지는 않았어. 개도 데리고 있었고. 그런 애가 설마 고기하고 채소 나눠줄 리 없잖아."

내가 웃으며 말했다. 아빠는 연기가 피어오르기 시작한 숯에다 신문지로 열심히 부채질했다. 내 말 따위는 듣고 있지도 않았다. 하지만 나는 상관 않고 재잘거렸다.

"개가 두 마리 있는데 털이 하얀 녀석은 흰둥이, 검은 녀석은 검둥이라고 부른대. 되게 촌스럽지? 하기야 뭐 남자애

들은 다 그러니까. 하지만 우리 반 남자애들하고는 좀 달랐
어. 조금 더 세련됐달까. 그애네 할아버지는……."

"잠깐."

아빠가 신음하듯 내 말을 잘랐다.

"아빠 좀 도와줘야겠다."

5시가 되기 전부터 준비했는데 8시 지나서야 겨우 저녁을
먹기 시작했다. 그만큼 불 붙이기가 어려웠고, 내가 채소를
씻는 동안 아빠는 맥주를 사온다며 어디론가 사라져서는 감
감무소식이었다. 아빠가 돌아왔을 때는 이미 사방이 캄캄했
다. 주위에서 즐겁게 식사하던 사람들도 고기 타는 냄새와
소스 냄새만 남기고 거의 사라져버렸다.

우리는 화장실 냄새가 풍기는 곳에서 아무 말 없이 고기
와 채소를 숯불에 올려놓고 다 익었는지 확인하며 먹었다.
아빠는 풀이 팍 죽어 있었다. 불도 제대로 못 붙이고 맥주를
사러 가서는 오지도 않는 준비성 없는 아빠에게 나는 짜증
이 나 있었다. (맥주 살 돈이 있으면 한 입 크기 스테이크나
사주지.) 하지만 느릿느릿 고기를 먹는 아빠를 보고 있자니
불쌍한 마음이 들어서 말을 걸고 말았다.

"맛있네."

아빠가 고개를 끄덕였다. 그리고 잠시 후 작은 소리로 중
얼거렸다.

“나는 역시 구제불능인가 봐.”

“아빠, 내가 불을 빨리 피울 수 있도록 할게. 분명히 요령이 있을 거야. 그걸 배우면 되잖아. 그리고 슈퍼에서 시장을 볼 때는 아빠, 맥주는 없어도 돼? 하고 물어볼게. 그럼 되잖아.”

내가 그렇게 위로하자 아빠는 그때야 고개를 들고, 그래? 하고 하얀 이를 드러내고 웃었다.

캠프장은 바비큐 광장에서 몇 미터 떨어진 곳에 있었다. 어둠 속에 텐트 몇 채가 뿌옇게 서 있었다. 불이 켜진 것도 꺼진 것도 있었다. 텐트 앞에 의자를 내놓고 서로 기대 앉아 뭘 마시는 커플들도 있었다.

“텐트는 어디서 빌려주는데?”

“안 빌려줘.”

그럼 어떻게 하느냐고 묻기 전에 아빠가 말을 이었다.

“찾아야 돼.”

아빠는 쓰레기장에 망가진 텐트 하나쯤 틀림없이 버려져 있을 테니까 그걸 갖다가 쓸 계획인 듯했다. 아까 부드러운 말로 아빠를 위로해 준 것이 후회스러웠다. 맞아, 아빠는 정말 구제불능이야, 하고 말했어야 했는지도 모르겠다.

하지만 정말 쓰레기장에 버려진 텐트가 있었다. 아빠는 허리를 구부리고 과자 껍질과 맥주 캔을 헤치고 그것을 끄

집어냈다. 쓰레기를 버리러 온 사람들이 이상하게 보는데도 아랑곳하지 않고 부속 핀까지 찾아냈다.

아까의 실패를 만회하기 위해 아빠가 텐트를 조립하는 동안, 나는 캠프파이어를 할 불을 붙이기로 했다. 바비큐를 하고 남은 장작 사이에 신문지를 넣고 불을 붙인다. 불이 꺼지지 않게 열심히 부채질을 하자 장작이 조금씩 타 들어갔다. 내 무릎 높이에서 가물가물 타는 불을 보고 있는데, 텐트가 완성됐다고 외치는 아빠 목소리가 들렸다. 돌아보니 작긴 했지만 정말 텐트가 서 있었다. 꼭대기 언저리에 불에 탄 것처럼 구멍이 나 있었다. 누가 버린 텐트니까 어쩔 수 없지만, 조금은 실망스러웠다.

우리는 나란히 앉아서 맥없이 타는 불길을 바라보았다. 아빠는 맥주를 마시고 있다. 뺨과 콧등이 자글자글 뜨거웠다.

"거래는 어떻게 됐어?"

"응, 그냥 그래."

아빠가 건성으로 대답했다.

아까 텐트 앞에서 서로 기대 앉아 있던 두 사람이 팔짱을 끼고 거닐고 있다. 그들의 모습이 검은 나무 그림자 사이로 사라지자, 나는 문득 생각난 것을 물었다.

"아빠랑 엄마는 어디서 어떻게 만났어?"

이 질문이 반가웠는지 아빠는 얼굴을 내게 들이대고 술

냄새 나는 입김을 내뿜으며 말했다.

"아빠는 술집에서 아르바이트를 하고 있었어. 그때 네 엄마가 친구랑 와서 말을 걸더라고."

"아빠가 손님인 엄마에게 말을 걸었다고?"

"아니 그 반대지. 손님인 엄마가 나한테 말을 건 거지."

"거짓말."

"진짜야."

아빠가 자랑스러운 듯 턱을 쳐든다.

"말을 건 게 아니고 주문한 거 아냐?"

"아니라니까. 몇 시에 일이 끝나요? 하고 엄마가 묻더라니까."

"우웩, 거짓말."

"다시 말해 네 엄마가 나를 꼬신 셈이지."

"그게 몇 살 땐데?"

"스물셋. 엄마는 스물하나."

"으에에에엑."

나는 그 당시의 광경을 머릿속으로 떠올려보려고 노력했다. 지금보다 어린 아빠가 맥주 같은 걸 나르는데, 지금보다 어린 엄마가 술을 마시다 아빠에게 말을 거는 순간을. 하지만 도저히 상상이 되지 않았다.

"남자가 아빠밖에 없었던 거 아냐?"

"그 무슨 실례의 말씀을. 점원이 남자만 해도 다섯은 있었는데."

나는 눈을 감고 다시 한 번 그 장면을 상상한다. 하지만 아무리 애를 써도 떠오르는 것은 지금의 엄마와 지금의 아빠뿐이다. 둘은 웃고, 싸우고, 등을 돌린 채 자기 일을 하고 있다. 아빠는 또 새로운 맥주 캔을 딴다. 거짓말일 거야, 하고 나는 몰래 생각했다. 엄마가 모르는 남자에게 말을 걸었다니 도무지 상상이 안 된다. 차라리 치마를 벗고 상점가를 활보하는 엄마를 상상하는 편이 쉬울 것 같다. 아마 사실은 반대일 것이다. 손님으로 온 엄마에게 아빠가 말을 걸었겠지. 그리고 끈질기게 따라다니면서 데이트 신청을 했을 것이다. 엄마는 불도 못 붙이고 준비성도 없는 아빠가 너무 불쌍해서 아까 내가 한 말 비슷한 대사를 내뱉었을 것이다. 괜찮아요, 내가 해줄 테니까, 이렇게.

"엄마는 나한테 푹 빠져 있었어."

아빠가 강조하듯 말했다. 맥주와 작은 불꽃 때문에 얼굴이 도깨비처럼 빨개진 아빠의 모습에 나는 역시 거짓말일 거라고 확신했다.

술에 취해 캠프파이어에는 노래가 빠질 수 없다는 둥 포크 댄스를 추자는 둥, 큰 소리로 엉뚱한 말을 하며 소란을 피우는 아빠를 억지로 텐트로 끌어 들이고 잘 준비를 했다.

아빠가 주위 온 신문지를 펴고 그 위에 있는 옷을 죄다 깔고 누웠지만, 그래도 울퉁불퉁 등이 배겼다. 아빠는 꽤나 취했는지 눕자마자 노래도 포크 댄스도 잊은 채 바로 코를 골기 시작했다.

나는 누워서 천장을 올려다본다. 아빠 얼굴 만한 구멍이 나 있다. 구멍으로 드문드문 별이 보였다. 조그만 동그라미 안에 크고 작은 별들이 많이도 박혀 있다. 별들이 서로 이야기라도 나누듯 반짝거렸다. 동그랗게 도려내진 작디작은 밤하늘이 도망 중인 우리에게 딱 어울렸다.

등이 배기고 아빠의 코 고는 소리가 시끄러워서 나는 잠을 잘 수 없었다. 머리 위의 동그란 하늘만 뚫어져라 올려다보았다. 누가 먼저 말을 걸었든, 술집에서 만나기 전까지 아빠와 엄마는 이름도 모르는 남남이었다. 나는 존재치도 않는 세상에서 엄마는 엄마가 아닌 한 사람의 여자로 살았을 테고, 아빠도 엄마와 나 따위는 알지도 못한 채 살았을 것이다. 어쩌면 서로 달리 좋아하는 사람이 있어서 함께 아침을 먹거나 영화를 봤을 수도 있다. 그런저런 일들을 생각하니 기분이 정말 이상했다.

문득 내 몸이 가벼워져서 서로 이야기하듯 깜빡이는 별들 사이로 둥실 떠오르는 듯한 느낌이 들었다. 옆에서 코를 골며 자고 있는 아빠도 둥실 떠오르고, 산 너머 저 멀리서 엄

마도 둥실. 유코 이모도, 아사코 이모도, 유코 이모의 애인
도 각자의 장소에서 별에 이끌려 두둥실 떠 있다. 반대쪽에
는 절의 할머니도 반들반들 대머리의 할아버지도 있다. 흰
둥이와 검둥이, 그리고 그 소년도 잠든 채 떠 있다. 자세히
보니 저 멀리에 간바야시 씨도, 치즈도 조용히 밤하늘에 누
워 있었다.

별들 사이에 떠 있는 우리는 서로가 만나기 전의, 부모
자식도 형제도 아니고 아는 사이도 아닌 그저 뿔뿔이 흩어
진 하나의 덩어리로 둥실 떠 있는 느낌이었다. 서로의 존재
에 대해서는 전혀 모르는 채로.

그날 전화는 예상외로 길었다. 나는 대합실 벤치에 앉아, 바깥 전화 부스에 있는 아빠의 모습에서 시선을 떼지 않았다. 불길한 예감이 들었다.

내 쪽으로 등을 보이고 있는 아빠는 십 엔짜리 동전을 끊임없이 집어넣으면서 전화기를 향해 수도 없이 고개를 조아렸다. 왜 저러는 걸까? 야단맞고 있나? 엄마는 아빠한테 금방 화를 내니까 그럴지도 모르지.

역사의 시계를 본다. 전화 부스에 들어간 지 20분도 더 지났다. 가슴속에서 불길한 예감이 서서히 퍼지며, 핏줄에 벌레라도 들어간 것처럼 온몸이 스멀거린다. 나는 더 이상 참을 수 없어 자리에서 일어나 역 구내에 늘어선 기념품 가게를 한 집씩 구경하며 걷기로 한다. 그리고 시식용 장아찌와 멸치조림을 닥치는 대로 집어먹는다. 고추냉이가 든 장아찌를 입에 넣은 순간, 등 뒤에서 소리가 들렸다.

"뭐야, 배고파?"

돌아보자 아빠가 서 있다. 고추냉이의 알싸한 맛에 나는 얼굴을 찡그렸다.

"거래가 성립됐어."

아빠는 어딘지 모르게 우쭐거리는 낮은 목소리로 말했다. 고추냉이의 매운맛이 코까지 올라가 콧속이 찡했다. 오른쪽 눈에서 눈물이 똑 떨어졌다.

"바보야, 너한테 고추냉이는 아직 10년은 일러."

아빠는 그렇게 말하고 자기도 고추냉이 장아찌를 입에 넣었다.

"거래가 성립됐어. 그러니까 이제 나한테는 너를 잡아둘 권리가 없어졌다. 당장 엄마에게 너를 돌려보내야 해. 그렇게 하기로 했으니까."

나는 아빠가 기념품 가게의 장아찌 코너 앞에서 엄숙하게 선언하는 내용을 듣고 있었다. 당황스러웠다. 앞으로 어떻게 될지 전혀 예상할 수 없었다.

"단 한 가지, 문제가 있다."

나는 숨을 들이마셨다. 네 의견을 들어보고 싶다고 아빠가 말할 것 같았다. 나는 전속력으로 내 의견을 정리한다. 나는 이대로 계속 도망칠 결심이 서 있다. 학교도 그렇고 엄마도 그렇고, 여러 가지 걱정스러운 일은 있지만 일단 지금은 전부 잊고 도망치자. 현상 유지에 찬성 한 표.

"문제란, 음, 돈이 없다. 여기서 기차를 탈 돈이 없어."

아빠가 고개를 푹 숙이고 말한 순간, 나는 현기증이 났다. 애써 온 힘을 모아 내 의견을 정리했는데.

돈이 없으면 또 어디서 텐트를 주워서 노숙이라도 하면 되잖아, 하고 제안하려고 했는데 내 말에 앞서 아빠가 입을 열었다.

"나는 잠시 이것저것 알아보고 올 테니까 너는 여기서 시식을 계속하고 있거라."

그렇게 말하고 아빠는 기차표 안내 창구로 들어가버렸다.

그러고는 카운터에 진을 치고 시각표, 요금표, 지도 등을 심각한 표정으로 살펴본다.

나는 내 앞에 있는 고추냉이 장아찌를 왕창 입에 우겨넣고, 너무 강한 자극에 서 있지 못하고 그 자리에 쭈그리고 앉는다. 바닥에 쪼그린 채 잘근잘근 장아찌를 씹었다. 고추냉이의 톡 쏘는 매운맛이 날카로운 칼날처럼 입 안에 상처를 내는 느낌이다. 그 맛은 콧속과 관자놀이까지 들쑤시고 올라와 내게 고통을 주었다. 나는 관자놀이를 양손으로 누른 채 얼굴을 찡그렸다. 이마에 땀이 솟는다. 나는 말로 표현할 수 없는 그 맛을 몸 전체로 느낀다.

"어머 애, 너 괜찮니? 이 물 좀 마셔라."

가게 안에서 아줌마가 나와서 컵에 담긴 보리차를 내밀었다.

“고맙습니다.”

컵을 받아 들며 미소 짓는데, 그때서야 두 눈에서 눈물이 방울방울 흘러내렸다.

“어머나, 저런.”

아줌마는 허리를 꺾고 웃어댔다. 나도 웃었다. 보리차를 마셔도 눈물은 쉽사리 그치지 않았다. 웃음도 멈출 수가 없었다.

울고 싶을 때도 이렇게가 아니면 울 수가 없다. 그것이 우스워서 견딜 수 없었다.

어디어디까지 가면 옛날 친구 누가누가 사니까 아마 돈을 빌릴 수 있을 거야, 하고 설명하는 아빠의 말을 나는 건성으로 듣고 있었다. 문제는 거기까지 갈 돈이 없다는 것이다. 다행히도 여기서 그리 멀지 않은 곳이라서, 걸어서 가기는 힘들겠지만 자전거를 타면 충분히 갈 수 있는 거리다.

“그런 고로 아빠는 지금부터 나쁜 짓을 할 거다. 가능하면 이런 짓은 하고 싶지 않고, 하는 모습도 하루에게는 보여주기 싫지만 어쩔 수 없는 일이지.”

연극의 한 장면을 연기하듯 말하고 아빠는 역 구내에서 나갔다. 바깥 날씨는 맑고 화창했다. 태양은 아낌없이 빛을 뿌리고, 대기는 살갗이 따끔따끔할 정도로 더웠다. 택시 승차장과 버스 정류장을 지나자, 나는 아빠가 무슨 짓을 하려는지 알아차린다.

"아빠, 그만두자."

나는 아빠 뒤를 따라가면서 힘없이 말했다.

"어떻게 남의 자전거를 훔쳐. 그런 짓을 할 바엔 차라리 돌아가지 말자."

역 앞 주차장에 질서 정연하게 늘어선 자전거들을 바라보고 있던 아빠는 나를 돌아보더니,

"그럼 쪽지라도 남겨놓을까? 잠시만 빌려갈게요, 하고."

자기가 생각해 보아도 굉장한 아이디어라고 감탄하듯이 말한다.

"누가 돌려주러 오는데?"

"글쎄, 아마 못 오겠지."

나를 내려다보는 아빠의 등 뒤에는 바퀴가 번쩍번쩍 빛나는 여러 종류의 자전거가 서 있었다. 이 사람은 내가 없으면 아무런 죄책감 없이 열쇠가 걸려 있지 않은 자전거를 슬쩍 할 것이다. 솔직히 말하면 나는 그런 생각을 하는 게 기뻤다. 여름 방학이 시작되기 전이었다면, 우리 아빠는 절대로 그런 짓을 할 사람이 아니라고 자신 있게 말할 수 있었을 것이다. 그러나 지금의 나는 우리 아빠가 어떤 사람인지 알고, 그 정도 일로 아빠를 싫어하지 않으리란 것도 안다.

그렇다고 남의 자전거를 슬쩍해도 괜찮은가? 그건 역시

절대로 안 될 일 같았다. 어떤 사람이 무거운 짐을 안고 땀을 뻘뻘 흘리며 자전거를 타러 온다면? 어떤 사람의 추억이 어려 있는 자전거라면? 자전거를 도둑맞은 게 나였다면? 역시 안 된다.

나는 자전거 주차장 조금 앞에 빈 깡통과 비닐 봉지와 함께 낡은 자전거가 쌓여 있는 것을 발견하고 그쪽으로 다가 갔다. 그곳은 마치 망가진 자전거들의 공동묘지 같았다. 파이프 부분이 전부 녹슬고 바퀴가 떨어져 나간 자전거, 안장이 없는 자전거, 페달이 없는 자전거, 페달이 찌그러진 자전거, 안장만 덜렁 나뒹굴기도 하고, 아무리 봐도 모두 버려진 것들이었다.

"여기서 쓸 만한 것들을 모아서 조립하자."

내가 말한 순간 아빠는 정말 다행이란 표정을 지었다. 이로써 아빠는 내 앞에서 자전거를 훔치지 않아도 되고, 동시에 먼 길을 걸어가지 않아도 되며, 망가진 자전거를 재활용할 수도 있게 된다. 내가 생각해도 상당히 건설적인 아이디어였다.

"우리 딸, 참 똑똑한데?"

마치 내가 이 사람의 부모가 된 느낌이다.

아빠와 나는 세 시간이나 버려진 자전거들 사이에서 진땀을 흘렸다. 고물을 조립해 엄청 폼 나는 자전거를 만들어내려고 악전고투했지만 결국은 포기했다. 처음부터 무리한 생각이었다. 우리에겐 펜치도 드라이버도 없었고, 이런 일에 선천적인 재능이 있는 것도 아닌 것이다. 태양은 역 앞 빌딩에 반쯤 가려 있다. 이거면 되겠는데, 하면서 아빠가 고철 더미에서 꺼낸 것은 멀쩡한 구석이 하나도 없는 시커멓게 녹슨 자전거였다. 안장도 라이트도 떨어지고 없는데다 타이어에는 공기도 거의 없다. 아빠는 그 자전거에 나뒹구는 안장을 억지로 끼우고는 녹초가 된 목소리로 말했다.

"대충 달릴 수는 있겠지 뭐."

"응, 가자."

아빠가 안장에 타고 나는 뒤쪽의 짐받이에 걸터앉았다. 우리가 탄 자전거가 삐걱삐걱 귀에 거슬리는 소리를 내며 달리기 시작했다. 뒤를 돌아보자 우리가 조립하려고 했던, 아니 마구 주물러댔던 자전거의 잔해가 석양빛을 받으며 서글프게 빛나고 있었다.

페달을 밟는 아빠도 힘들겠지만, 짐받이에 앉은 나라고 결코 편한 것은 아니었다. 타이어에 공기가 거의 없어서 진동이 그대로 전해져 엉덩이가 아파 견딜 수 없을 지경이었다. 우리는 국도 변을 달렸다. 운 나쁘게도 국도는 자동차로 꽉 막혀 있었다. 덕분에 차 안에서 따분해하던 사람들이 창문에 얼굴을 들이대고 고물 자전거에 탄 우리 두 사람을 쳐다보고 있었다.

"아빠, 더 좁은 길로 가자."

사람들의 시선을 견디기가 힘들었다.

"그럼 길 잃어버리지."

이런 이유로 내 의견은 기각되었다.

길에 줄지어 서 있는 차가 보이지 않도록, 나는 얼굴을 돌리고 오른쪽 뺨을 아빠의 등에 딱 붙였다. 국도의 왼편은 논이었다. 도로변에는 키 큰 잡초가 줄줄이 자라 있었다. 등을 쫙 펴고 선 듯한 잡초를 보면서 한껏 숨을 들이마시자 아빠의 등 냄새가 났다.

여름날 아침에 창문을 활짝 열어 놓고 베이컨을 구울 때 나는 냄새 같았다. 나는 우거진 잡초에서 시선을 돌려 바로 코앞에 있는 아빠의 등을 쳐다보았다. 그것은 생각보다 넓었고, 누런 티셔츠 한가운데가 둥그렇게 땀에 젖어 있었다.

그 젖은 부분이 마치 지도 같았다. 우리가 그 지도 위 어딘가를 향해 똑바로 달려가는 기분이 들었다.

돌아가야 한다니 말도 안 된다. 그렇다, 아직은 아니다. 아빠의 친구라는 사람이, 어느 모로 보나 어디서 슬쩍했을 이런 자전거에 딸을 태우고 온 사람에게 돈을 빌려줄 리가 없다. 그렇게 되면 우리는 돌아갈 수 없다. 나는 아빠의 누런 티셔츠에 그려진 작은 지도를 묵묵히 쳐다보았다.

줄지어 선 차들과 끝없이 펼쳐진 논이 일제히 금색으로 빛나다가 끝내 파르스름한 빛에 녹아들듯 감싸인다. 모든 것이 어둠에 잠겨 캄캄해진 후에도 나는 아빠의 등을 쳐다보았다. 어둠 속에서 아빠의 등은 희미한 흰색으로 보였고 지도는 아까보다 커져 있었다. 도로에 차는 한 대도 없다. 모두 어디론가 가버렸다. 어둠 속에서 삐걱거리는 자전거 소리와 페달 밟는 소리만 울린다. 자전거에 라이트가 달려 있지 않아 검게 물든 도로 저편에 어떤 풍경이 있는지 전혀 알 수 없다.

"거래 조건이 뭐였는데?"

"으응, 별거 아니야."

아빠는 피식 웃으며 대답했다.

"별거 아니란 게 어떤 건데?"

"……."

슬프게 우는 자전거 바퀴 소리만 들린다.

"미안하다, 하루."

불쑥 아빠가 말했다.

"엉덩이 아프지?"

나는 대답 대신 아빠의 등에 뺨을 댔다. 젖은 티셔츠 아래로 아빠의 등이 깜짝 놀랄 정도로 뜨거웠다.

나는 그대로 눈을 감고 유코 이모를 떠올렸다.

"난 말이지, 너한테는 미안한 말이지만 다 커서도 네 엄마하고 아사코 언니, 그리고 외할머니가 정말 싫었어."

그날도 엄마는 일 때문에 밤이 늦도록 들어오지 않았다. 마침 우리 집에 온 유코 이모는 나를 역 앞에 있는 피자집에 데려가주었다. 역 건물 맨 꼭대기 층에 있는 피자집은 사람들로 가득했지만, 우리는 운 좋게 창가에 앉을 수가 있었다.

"내가 너만 했을 때는 엄마도 언니들도 너무 싫었거든. 그래서 내가 어쩌다 이런 집에 태어났나 사실은 다른 집 아이인데 정신없는 간호사가 잘못해서 뒤바뀐 거 아닌가 하고, 정말 그런 생각을 했었어."

주문한 피자가 오기 전에 작은 포도주 한 병과 샐러드가 나왔다. 유코 이모가 포크로 샐러드를 쿡쿡 찌르며 뜬금없이 그런 얘기를 꺼냈던 것이다.

"너희 엄마랑 아사코 언니는 지금도 그렇지만 옛날부터 사이가 참 좋았어. 나를 괴롭혔다거나 그런 건 아니지만, 알지? 둘 사이가 너무 좋아서 끼어들 수 없는 심정. 둘이 늘 붙어 다니면서 쇼핑도 하고 영화도 보고 맛있는 것도 먹고. 그래서 내가 나는 왜 안 끼워주느냐고 그러면 뭐랬는 줄 아니? 어머, 네가 같이 가고 싶다는 말 안 했잖아, 그러는 거야. 그런데다 둘 다 우등생이었달까, 태어나기를 착하게 태어났거든.

아빠는, 너는 본 적 없지만 너희 외할아버지 말이야, 나를 챙겨주는 유일한 사람이었지만 너무 바빠서 얼굴도 보기 힘들었어. 그런데 내가 고등학생이 되었을 때 돌아가시고 말았지."

유코 이모는 포크로 샐러드를 들쑤시기에 싫증이 났는지 와인을 주스처럼 마셨다. 그리고 담배에 불을 붙여 연기를 내뿜고는 말을 이었다. 나는 창밖에서 깜박거리는 불빛을 보면서 유코 이모의 이야기를 들었다. 나는 형제도 없고, 내가 다른 집 아이일 거라는 생각은 해본 적도 없지만, 유코 이모의 얘기는 충분히 이해할 수 있었다. 신기하다 싶을 정도로.

"왜 엄마나 형제는 자기가 선택할 수 없는 걸까 하고 몇 번이나 생각했는지 몰라. 내내 같이 살아야 하는 너무도 소중한 사람들인데 그것만은 선택의 여지가 아예 없잖아. 친구는 고를 수 있어. 옷이며 먹을 것, 학교든 뭐든 자기 마음에 드는 걸 고를 수 있는데, 가족만 고를 수가 없다는 건 좀 불공평한 것 아닐까 하고, 난 늘 그렇게 생각하는 아이였지."

유코 이모에게 왜 갑자기 그런 얘기를 하느냐고 물을 수는 없었다. 왠지 모르지만 그때 내 가슴은 두근두근 콩닥콩닥. 이야기를 더 듣고 싶었다. 그래서? 하고 물으려는데 피자가 왔다.

"자, 먹자."

“지금도 싫어해?”

나는 피자를 한 조각 먹고 나서 유코 이모에게 물었다.

“그렇게 싫지는 않아.”

왜? 하고 내가 다시 한 번 묻자, 유코 이모는 예의 비밀을 살짝 털어놓는 듯한 표정으로 대답했다.

“가족 말고 너무너무 좋아하는 사람이 생겼으니까.”

“그게 뭐야, 무슨 소린지 모르겠어.”

“그럴 거야.”

유코 이모는 피자의 치즈를 죽 늘어뜨리며 웃었다. 그리고 피자를 다 먹은 후, 와인을 한 병 더 시켜 그것도 꿀꺽꿀꺽 마셔버리고는 이렇게 말했다.

“선택할 수 있는 것 중에서 제일 소중한 것을 고르고 나면 선택할 수 없는 것 따위는 아무래도 상관없어지거든. 싫으면 잊어버려도 되고, 좋으면 같이 있어도 되고. 그런 것들이 아무래도 상관없어진 후에 생각해 보니까, 그렇게 싫은 것도 아니라는 걸 알겠더라구. 그래서 내가 너희 집에 자주 놀러 가잖니.”

나는 유코 이모가 하는 얘기를 이해하기가 어려웠다. 아마 이모 자신도 무슨 말이 하고 싶은 것인지 몰랐으리라고 생각한다. 아무리 작은 병이지만 포도주를 두 병이나 마셨으니까. 유코 이모는 취해서 똑바로 걷지도 못하면서 내 손을 잡아끌었다. 그러다 히죽히죽 소리내 웃기도 하고는, 집에 돌아가 엄마에게 무슨 술을 그렇게 마셨냐고 야단을 맞았다.

그때 나는 유코 이모가 한 얘기를 거의 이해하지 못했다. 그래서 유코 이모는 우리 엄마와 다른 식구들을 무척 싫어했다, 하지만 지금은 그렇지 않다, 유코 이모에게 술을 많이 먹이면 큰일이 난다는 것 외에는 다 잊어버리고 말았다.

그런데 아빠의 등에 볼을 대고 어둠을 바라보는 사이, 어찌 된 셈인지 그때 일이 또렷하게 떠올랐다. 그때 유코 이모가 한 말은 여전히 이해가 안 갔지만, 그래도 기분은 좋았다.

　　아빠의 친구 집에 가까스로 도착한 것은 늦은 밤도 훨씬 지난 새벽녘이었다.

　어젯밤 9시가 넘어 국도변 외진 곳에서 라면 가게를 발견하고, 아빠와 카운터에 나란히 앉아 라면 한 그릇을 시켜놓고 둘이서 나눠 먹었다. 아빠는 맥주도 주문하지 않았다. 아마 그것이 마지막 남은 돈이었나 보다. 가게 주인에게 우리 모습이 어떻게 비쳤는지, 군만두 한 접시를 말없이 갖다 주었다.

　그리고 또다시 긴 시간 자전거를 탔다. 12시가 넘을 즈음 아빠는 결국 다운을 선언했고, 우리는 그 근처에 있는 공원에서 서로에게 기대어 잠을 잤다. 꾸벅꾸벅 졸다가 앵앵거리는 모기 소리에 몇 번 눈을 뜨기도 했지만, 그러다 세상 모르게 잠들고 말았다.

　온몸이 가려워서 눈이 떠졌다. 팔다리에 온통 모기 물린 자국이었다. 아빠도 신음 소리를 내며 일어나 온몸을 벅벅 긁었다. 아직 주위는 어두웠다.

"갈까?"

낮은 목소리로 아빠가 물었다. 나는 자전거 짐받이에 다시 걸터앉았다.

우거진 잡초 아래로 개울이 흘렀다. 닭 우는 소리도 들렸다. 주위에 높은 건물은 하나도 없고, 엇비슷한 모양의 집들이 멀찍멀찍 떨어져 있었다. 아직 날이 완전히 밝지 않아 주변이 뿌연 색을 띠고 있었다. 하늘도 아침인지 밤인지 구분할 수 없는 애매한 흰빛이었다. 아빠는 전에도 와본 적이 있는 것 같았다. 자전거에서 내려 뚜벅뚜벅 걸어가더니 어떤 집 앞에 멈춰 섰다.

"너무 이른 거 아닐까?"

"괜찮아, 사사키는 일찍 일어나니까."

아빠가 태연하게 벨을 눌렀다.

빈집이 아닌가 싶을 정도로 긴 침묵이 흐르다 갑자기 문이 열렸다. 안에서 잠옷 차림을 한 남자가 나왔다.

"여어!"

그가 눈을 비비며 아빠를 보고 외쳤다. 그러곤 뒤에 서 있는 나를 보고 뭔가 알았다는 듯이 아아, 하는 소리를 냈다.

사사키 씨가 커피를 끓이는 동안 나는 거실 소파에 앉아 집 안을 둘러보았다. 레이스 커튼 너머로 갓 태어난 듯한 아침 해가 방 안을 밝게 비췄다. 협탁 위에는 사진 액자가 잔뜩 놓여 있었다. 구석에는 커다란 녹색 잎이 달린 관엽 식물이 놓여 있는데, 아래쪽은 전부 뜯어 먹힌 것처럼 삐쭉삐쭉하다. 그릇장으로 시선을 돌린 순간 나는 아, 하고 작은 탄성을 터뜨렸다.

원목 그릇장 위에 하얀 바탕에 검은 얼룩이 있는 고양이가 인형처럼 앉아 있었다. 고양이의 꼬리가 살랑살랑 움직여서 인형이 아니란 걸 알았다.

"커피, 괜찮지?"

사사키 씨가 컵을 내려놓으면서 내게 물었다. 나는 네, 하고 큰 소리로 대답했다. 사사키 씨는 다시 부엌으로 돌아갔고 그 뒷모습을 시선으로 쫓던 나는 또 아, 하고 소리를 지르고 말았다. 냉장고 앞에 새하얀 고양이가 앉아서 유리구슬 같은 눈으로 가만히 이쪽을 쳐다보고 있다. 그 뿐만이 아니다. 테이블에 놓인 신문 위에는 갈색 고양이가, 부엌문 옆 박스 뒤에는 까만 고양이가 있었다. 굉장하다. 네 마리나 있다. 아빠는 고양이를 보고도 아무 느낌이 없는지 커피를 홀짝거리더니 맛있다며 숨을 내쉬었다.

"자, 빵이라도 먹어."

사사키 씨가 빵이 든 바구니를 가져와 우리 앞에 내밀면서 말했다.

"이른 아침부터 죄송합니다."

나는 고개 숙여 인사를 하고 커피를 마셨다. 그리고 간바야시 씨를 만났을 때 같은 어린애 짓은 하지 말아야지 하고 다짐하고 있었다.

"인사는 무슨, 괜찮아."

사사키 씨도 고개를 숙였다.

사사키 씨는 고양이 같은 사람이었다. 둥근 얼굴형에 코끝도 둥글다. 코를 까맣게 칠하고 수염을 그려 넣으면 이 집의 다섯 마리째 고양이로 보일지도 모르겠다. 몇 살인지 짐작이 안 갔다. 아빠보다 나이가 많은 것도 같고 적은 것도 같고. 사사키 씨는 잠옷 속으로 손을 집어넣고 가슴을 북북 긁으면서 자기 커피를 마신다.

야옹, 하는 가느다란 소리가 들려 소리가 나는 쪽을 보자, 부엌문이 열리면서 어떤 아줌마와 고양이가 나타났다.

"어머, 다카시 아냐?"

아줌마가 아빠를 보고 웃으며 인사했다. 그녀의 발치에서 고양이 두 마리가 재롱을 떨고 있었다. 하나는 아직 어린 얼룩 고양이고, 다른 하나는 노랭이다. 끝내준다. 여섯 마리.

"불쑥 찾아와서 미안해."

"이른 아침부터 죄송합니다."

나도 또 고개를 숙이고 인사했다. 그러자 반가워요, 하고 아줌마가 웃었다. 아줌마 역시 고양이 같은 얼굴이다. 사사키 씨보다 몸놀림이 날쌜 것 같은 고양이. 사사키 씨는 부엌으로 가 고양이용 통조림을 따고, 아줌마는 부엌 냉장고 속을 살펴보고 주전자를 불에 올려놓았다. 아빠도 그쪽으로 가서 두 사람과 무슨 얘기를 나눈다. 나는 소파에 앉아서 통조림을 향해 달려가는 여섯 마리의 고양이를 바라본다.

'낯선 사람 집에서 나는 냄새다.'

갑자기 작년, 우리 반 지사토네 집에 놀러 갔을 때가 떠올랐다. 여기하고 느낌은 비슷했는데 냄새가 다르다. 뭐하고 뭘 섞으면 이런 냄새가 날까? 도무지 알 수 없는 신기한 냄새다. 익숙하지 않은 냄새를 한껏 들이마시면, 나는 어디서든 긴장을 풀 수 있다. 설령 그곳이 고양이와 닮은 어른 두 명이 여섯 마리의 고양이와 사는, 멀고 먼 동네의 낯선 집이라 해도.

긴장이 너무 풀려서 꾸벅꾸벅 졸고 있는데, 밥 먹으라는 소리가 들렸다.

부엌의 커다란 사각 테이블에 사사키 씨와 아줌마와 마주 앉아 아침을 먹었다. 커튼 사이로 스미는 햇빛이 아까보다 한결 밝았다. 사사키 씨가 테이블 밑에 있는 스테레오를 틀었다. 음악이 흐른다. 나는 잘 먹겠습니다, 하고 손을 마주 모았다.

스크램블 에그와 소시지, 감자, 방울토마토, 수프, 샐러드, 바구니에 든 빵과 토스트가 테이블 위에 놓여 있었다. 어젯밤에 아빠와 반씩 나눠 먹은 라면을 떠올리자 갑자기 배가 고팠다.

사사키 씨와 아줌마는 같은 또래 아이들처럼 나에게 말을 걸었고, 아빠와도 이야기했다.

"저 애는 나쓰코, 그 옆이 도모키, 까만 애가 마쓰다이라 야."

아줌마가 고양이의 이름을 가르쳐주었다. 마쓰다이라라 는 이름을 듣고 나는 웃었다.

"왜 한 마리만 이름이 아니고 성이지?"

아빠가 물었다.

"잘 봐. 얼굴에 그냥 마쓰다이라라고 씌어 있잖아."

"그럼 나쓰코한테는 고마쓰바라란 성이 어울리겠네요."

무심코 한 내 말에 사사키 씨와 아줌마가 몸을 앞으로 쑥 내밀고 동시에 외쳤다.

"대단하다! 안 그래도 저 애 풀 네임이 고마쓰바라 나쓰 코인데."

지사토의 생일 파티처럼 즐거운 아침 식사였다. 덩치는 커도 모두 한 반 친구 같았다.

점심때가 가까워올 무렵 사사키 씨와 아줌마 그리고 고양 이 세 마리가 현관에서 우리를 배웅해 주었다.

“또 놀러 와.”

아줌마가 내게 말했다.

“누가 내다 버린 고양이 있으면 데리고 오고.”

사사키 씨도 손을 흔들었다.

얼룩 고양이가 안녕이라고 인사하듯 꼬리를 살랑살랑 흔들었다.

“저 사람들 아빠랑 어떤 사이야?”

역으로 가는 도중에 내가 물었다. 역으로 가려면 상점가를 따라 똑바로 가면 된다고 했다. 조용하면서도 빛이 바랜 거리였다. 길에는 사람이 별로 없고, 할머니와 아기를 안은 여자들이 처마 끝에 나와 앉아 한가롭게 얘기하고 있었다. 아빠 친구네 집에서 나오자 네 사람이 고양이 여섯 마리와 함께 아침을 먹었던 일이 꿈결처럼 여겨졌다.

“노리 아줌마는 아주 옛날 아빠 애인이고, 사사키 아저씨는 아빠의 후배인데 지금 아줌마 애인.”

“우와.”

“아이아이아주 옛날 일이야. 이상한 생각하지 마.”

“아빠가 저 아줌마랑 결혼했으면 나는 태어나지 않았겠네?”

“그래서 결혼 안 한 건지도 모르지.”

아빠가 콧노래를 흥얼거리듯 말했다.

자전거를 타고 찾아가 고양이 같은 두 사람을 만나는 동안 까맣게 잊고 있었다. 지금 우리는 집으로 돌아가는 중이란 것을.

역에 도착하자 아빠가 표를 산다. 볕 바른 곳에 서서 태양의 공격을 받으며 무슨 말을 해야 할지 생각한다. 계속 도망치자고 하면 아빠는 뭐라고 할까?

'이번에는 내가 유괴범이 되겠다. 당신에게도 어느 정도 자유는 있지만 주도권은 내가 쥐고 있어.'

하지만 주도권을 쥔 다음에는 어떻게 해야 하지?

표를 끊은 아빠가 이쪽으로 향한다. 거스름돈을 지갑에 집어넣고 표를 보면서 걸어온다. 목 안이 바짝바짝 마른다. 심장이 산산조각 나 온몸으로 흩어진 것처럼 몸 전체가 두근두근거린다.

"1시 30분이래. 앞으로 20분 정도 남았는데 어떡할까? 뭐라도 먹을래?"

아빠가 물었지만 나는 고개를 옆으로 휙 돌린다.

"사람이 많은 것 같으니까 그냥 플랫폼에 줄 서 있을까?"

아빠가 개찰구로 들어가버린다. 나는 마지못해 뒤쫓아 간다.

플랫폼은 사람들로 가득했다. 모두들 여름 방학 특유의

분위기를 풍기고 있다. 햇볕에 검게 탄 아이들이 뛰어다니고, 엄마들은 소리 지르고, 아빠들은 졸린 듯 신문을 읽고 있다. 연인들은 지금을 한겨울로 착각하는지 딱 달라붙어 있고, 단체로 온 사람들은 큰 소리로 떠들어댄다. 아빠는 나를 어떤 가족 뒤에 세우더니 도시락과 음료수를 사러 갔다 오겠다고 한다.

"뭐 마실래? 탄산 음료? 과즙?"

아빠가 물었지만 나는 또 고개를 옆으로 홱 돌렸다.

"아무거나 사와도 되지?"

이 말만 남기고 아빠는 가버렸다. 내가 아빠의 칠칠치 못함이나 후줄근한 모습에 익숙해진 것처럼, 아빠는 짜증을 내고 토라진 내게 익숙해진 것 같았다. 무시라니, 이래서야 처음 기차에 탔을 때와 다를 것이 없지 않은가? 진보하지 않은 내 자신이 원망스러웠지만 어떡해야 좋을지 몰랐다.

'아빠, 나는 오렌지 주스. 탄산이 들어간 거 말고. 그리고 맥주는 사오면 안 돼. 자꾸 화장실 가고 싶어지잖아.'

이렇게 생글생글 웃으면서 말할 기분이 아니다.

내 앞에 있는 가족의 아빠와 엄마는 플랫폼에 주저앉아 있다. 등산이라도 다녀왔는지 둘 다 배낭을 짊어지고 등산화를 신고 있다. 아이들은 오빠가 2학년, 여동생이 유치원이나 다닐까 싶은데 엄마 아빠 주위를 맴돌면서 자지러지게

웃는다. 그러다 내 기척을 느낀 오빠가 부모 뒤에 숨어서 혀
를 쏙 내밀고 원숭이 흉내를 내는데, 나는 반격에 나설 여유
가 없다. 여동생도 오빠를 따라 혀를 쏙 내민다. 부모는 내
쪽으로 바위 같은 등을 보인 채 꼼짝도 않는다.

'바—보.'

나를 향해 오빠 녀석이 입을 벙긋거린다. 그 옆에서 동생
은 죽어라 혀를 내밀고 있다.

'저애들은 좋겠다.'

문득 그런 생각을 한다.

기차가 제시간에 승강장에 도착했다. 인파에 밀려 구겨지
듯 기차에 올라탄다. 사람으로 꽉 차서 숨이 막힐 지경이다.
나는 아빠의 배에 얼굴을 파묻고 있어야 했다.

"이거 원, 도시락 타령할 때가 아니군."

머리 위에서 아빠의 목소리가 들린다. 기차가 달리기 시
작한다.

바로 옆에서 어떤 여자가 깔깔거리고 웃는다. 향수 냄새
가 지독하다. 눅눅한 닭튀김 냄새도 난다. 어디선가 아기 울
음소리도 들려온다.

"괜찮니? 숨쉴 수 있어?"

아빠의 목소리가 사람들 사이를 타고 내려온다.

'무시해선 안 돼. 기분 나쁜 척 입 다물고 있으면 이대로

집까지 끌려가게 될 거야. 제발, 무슨 말이든 해야 하는데!'

나는 아빠 배에서 겨우 고개를 들어 위를 쳐다보았다. 아빠와 눈이 마주친다.

"아빠, 나 얼마 안 되지만 어렸을 때부터 모아둔 세뱃돈이 있어. 거의 안 쓰고 엄마가 우체국에 저금해 줬거든. 그러니까 꽤 될지도 몰라. 그거 써도 괜찮으니까 우리 그냥 이대로 도망가, 응?"

옆에 서 있던 배가 불룩 튀어나온 아저씨가 나를 내려다본다. 나는 상관 않고 계속 말했다.

"엄마한테는 내가 전화할게. 저금통장 보내라고 전화할게. 안 된다고 하겠지만 어떻게든 설득해서 보내라고 할게. 그러니까……."

"쉬잇!"

아빠가 뚱보 아저씨의 시선을 의식하고 손가락을 입에 갖다 댄다.

"우리 도망가자."

목소리만 조금 낮췄다.

위를 쳐다봤지만 아빠는 고개를 내젓고는,

"이제 도망 다닐 필요 없어."

몸을 숙이고 내게 작은 소리로 말했다.

다음 역에서 사람들이 얼추 내리고서야 주위에 약간 공간이 생겼다. 아빠 배에서 얼굴을 떼고 숨을 들이쉰다. 까치발을 하고 차내를 둘러본다. 메롱 남매와 그 부모는 떡 하니 자리를 차지하고 앉아 있다. 여자아이는 벌써 엄마 무릎에 얼굴을 묻고 졸고 있었다. 기차가 다시 움직이기 시작한다.

"하루, 다음 역에서도 사람들이 많이 내릴 거……."

아빠의 말이 채 끝나기도 전에 끼어들었다.

"나, 형편없는 어른이 될 거야."

"뭐라고?"

아빠가 몸을 숙여 내 입가에 귀를 가져다 댄다. 나는 다시 한 번 말했다.

"나는 아빠처럼 형편없는 어른이 될 거라구. 부모랍시고 자기 멋대로 끌고 다니질 않나, 그렇다고 제대로 돌봐주기를 하나 말이야. 맛있는 걸 코앞까지 들이밀었다가 확 빼앗아버리고, 자 이제 끝, 하는 식으로 당하는고만 있는데 어떻게 훌륭한 어른이 되겠어? 자기 좋을 대로 이리저리 끌고 다니기나 하고. 아빠 때문이야! 이게 다 아빠 때문이라니까!"

나는 울지 않았다. 힘껏 깨문 고추냉이 장아찌의 맛을 떠올렸지만, 눈물은 나오지 않았다. 얼굴만 빨개 가지고 불같이 화를 내고 있는 나 자신을 느낄 수 있었다.

내가 그렇게 협박하고 애걸복걸하는데도 아빠는 아무 대

꾸도 않고 가만히 내려다보기만 했다. 똑바로 쳐다보는 시선에 기죽지 않고 나도 빤히 올려다보았다. 다음 역이 가까워지자 아빠는 갑자기 내 손을 잡고 착 깔린 목소리로,

"내리자."

하고 끌어당겼다.

이번 역에서도 사람들이 많이 내렸다. 나는 이렇게 내린 것은 아빠가 내 소원을 들어줘서라고, 그리고 다시 둘만의 여행을 시작하기 위해서라고 생각했다. 그러나 아빠는 승강장에 내려서도 나를 멍하니 쳐다보기만 했다. 사람들은 허공에 웃음소리를 뿌리면서 바삐들 개찰구로 향했다. 순식간에 우리만 남았다.

"그래, 네 말대로 아빠는 형편없는 어른이다."

아빠는 한손에는 음료수, 다른 한손에는 과자와 도시락이 담긴 비닐 봉지를 들고 허리에 손을 얹은 채 말했다. 순간 얼떨떨해진 나는 아빠를 쳐다보았다.

"하지만 내가 형편없는 어른이 된 것은 그 누구의 탓도 아니고 누구의 잘못도 아니야. 그, 그러니까 네가 형편없는 인간이 된다면 그건 다 네 책임이고 네 잘못이야. 아빠나 엄마 탓이 아니라구. 네 말대로 아빠는 제멋대로지만, 내가 아, 아무리 무책임하고 쓸모없는 인간이라도, 네가 형편없는 어른이 되는 건 다른 사람 탓이 아니라구. 아빠는 그런 사고방

160

식이 제일 싫어."

아빠는 너무 흥분한 나머지 나중에는 말까지 더듬거렸다.

"나는 그런 사고방식이 싫고, 그거야말로 정말 형편없는 거야."

나는 아빠를 보고 있었다. 아빠가 말을 멈추자 여기저기서 매미 우는 소리가 들려왔다.

"책임을 회피하자는 게 아니야. 앞으로, 훗날 생각대로 안 풀리는 일이 있을 때마다 다른 사람 탓을 하면 하루, 너가 관계한 모든 일이 마음대로 안 풀려도 어쩔 수 없게 된단 말이야."

아빠는 거기서 말을 끊었다. 그리고 비닐 봉지에서 오렌지 주스를 꺼내 내게 휙 내밀었다. 아무도 없는 플랫폼에 마주 서서 아빠는 맥주를 나는 오렌지 주스를 마셨다. 주스가 시원하지 않아 더 달게 느껴졌다. 쉴 새 없이 맴맴거리던 매미가 잠시 울음을 그쳤다가 다시 맴맴거렸다.

"나는 지난 며칠 동안 굉장히 즐거웠다. 하루하고 함께 시간을 보낼 수 있어서 정말 좋았어."

아빠가 입가에 맥주 거품을 묻힌 채 말했다. 마치 꼬마가 우쭐거리며 선언하는 모습 같았다.

"나도 좋았어……"

아빠와 내가 각각 맥주와 주스를 다 마셨을 때 다음 기차가 미끄러지듯이 플랫폼으로 들어왔다. 사람들이 많이 내렸는데도 차 안은 북적거렸다. 아까 지나갔던 기차가 다시 돌아온 게 아닐까 싶을 정도로 사람들의 모습이 비슷비슷했다. 아기 울음소리가 들리고, 향수와 선탠 오일과 닭튀김 냄새가 났다. 햇볕에 그을린 아이들은 세상 모르고 졸고 있는 부모 사이에 앉아 입씨름을 한다. 머리가 긴 여자는 입을 벌린 채 남자에게 기대어 잠들고, 고무 젖꼭지를 문 아기는 엄마의 가슴에 안겨 잠들었다. 복잡한 기차 안에서 아빠는 내 손을 쥐었다. 나도 아빠의 손을 꼭 잡았다.

'맛난 것을 코앞까지 들이댔다가 다시 빼앗은 게 아니야. 난 그걸 마음껏 먹었어, 배불리 실컷 먹은 거라고.'

기차가 좌우로 흔들리자 아이들은 환성을 지르고 여자들은 까르륵까르륵 웃었다. 아빠와 나는 손을 꼭 잡은 채 서 있었다.

역에 도착했다. 사방은 완전한 어둠이었다. 하얀 불빛이 역 앞 광장을 비추고 있다. 쇼핑백을 든 여자와 학원 가방을 든 아이들이 하얀 불빛 아래를 오간다. 집까지 같이 가자고 했지만 아빠는 사양했다.

"아니, 다음에."

"그럼 다음에 또 유괴하러 와야 돼."

“그래.”

아빠가 커다란 선글라스를 쓰고 웃는다.

“그럼, 아빠 안녕.”

나는 손을 얼굴 옆으로 들어 올려 천천히 흔들었다.

“다음에 또 보자.”

아빠가 내 어깨를 가볍게 두드렸다.

무수한 사람들이 오가는 광장으로 발을 내디뎠다. 나는 유괴범에게서 해방된 것이다. 턱을 똑바로 쳐들고 햇볕에 탄 팔다리를 크게 휘저으며 성큼성큼 걷는다.

'집에 가면 우선 목욕부터 해야지. 이 지저분하고 냄새나는 몸을 천천히 깨끗이 꼼꼼히 씻는 거야. 그리고 아이스크림을 먹으면서 텔레비전을 보고. 그렇지, 텔레비전이라, 정말 오랜만이다. 유코 이모에게 전화를 거는 것도 좋겠다. 이모한테는 아빠하고 있었던 일 다 얘기해 줘도 되겠지.'

나도 모르게 멈춰 서버릴까 봐 집에 가서 할 일을 열심히 떠올렸다.

광장 끝까지 걸어가 모퉁이를 돌려다 뒤돌아보았다. 개찰구에서 쏟아져 나오는 사람들과 역 앞을 지나다니는 사람들 사이에 서 있는 아빠의 모습이 보였다. 아빠는 돌아보는 나를 보고 선글라스를 벗어 들고 손을 흔들었다.

멀리서 손을 흔드는 아빠의 조그만 모습이 다른 사람 같았다. 아기를 목말 태운 폴로 셔츠의 아저씨, 여자와 팔짱을 끼고 걸어가는 갈색 머리 남자, 양복 차림에 안경을 낀 낯선 사람들과 조금도 다르지 않았다. 그런데 오가는 사람들에 가려 나타났다가는 다시 사라지는, 꾀죄죄한 티셔츠 차림에 햇볕에 타고 눈 꼬리가 처진 그 남자만 유독 반짝반짝 빛나는 것 같았다. 마치 금색 캡슐에 싸여 있는 것처럼. 역사에서 내리비치는 불빛 때문이 아니다. 역 앞 매점의 불빛 때문도 아니다.

'엄마가 처음 아빠를 만났을 때도 아마 저랬을 거야. 많은 사람들 속에서 혼자만 유독 반짝거렸겠지.'

그 자리에 서서 언제까지고 바보처럼 손을 흔드는 그 남자가 나는 정말 좋았다. 낯선 사람들과 하나 다를 것 없어도 말이다. 나는 그런 내 마음을 확인하고, 크게 숨을 들이쉬고 모퉁이를 돌았다.

　현대의 아빠들은 가정에서는 있으면서 없는 아빠이기 십상입니다.

　아이들이 한참 자랄 때 유독 그들이 한 가정의 기둥이기보다 사회의 기둥이기를 더 바라서인지도 모르겠습니다. 또 어쩌면 사회의 기둥이 되는 것이 곧 가정의 기둥이 되는 길이라고 생각하는지도 모르지요.

　그래서 아빠들은 어느 날 갑자기 부쩍 커버린 아이를 보고는 그사이 소원했던 부자, 부녀 관계를 아쉬워하곤 합니다. 하지만 아이의 뇌리 속에 아빠는 이미 부정적인 이미지로 굳어 있어, 그 이미지를 걷어내고 관계를 회복하기란 쉽지 않은 일입니다.

　『납치여행』의 출발점은 바로 이런 시점입니다.

　같이 살고 있는지조차 불분명한 아빠, 가계를 힘겹게 꾸려나가고 있는 엄마 사이에서 아빠에 대한 그리움을 빈정거림으로밖에 표현할 수 없는 하루가 어느 날 불쑥 나타난 아빠에게 유괴를 당한다는 설정은 매우 낯선 한편 상당한 설득력을 지닙니다.

이빠와 떠나는 여행이기는 하지만, 아빠는 같이 사는 사람이 아니고 하루에게는 아빠를 따라 여행을 떠날 의사가 전혀 없었을 뿐만 아니라, 여행의 일정에 대해 아무런 발언권도 행사할 수 없었으니까 상대가 아빠여도 유괴인 셈이 되는 것이죠.

그런데 이 유괴 여행의 마지막에 아빠와 딸은 눈부신 화해를 얻습니다.

"그럼 다음에 또 유괴하러 와야 돼."

"그래."

아빠가 커다란 선글라스를 쓰고 웃는다.

"그럼, 아빠 안녕."

나는 손을 얼굴 옆으로 들어올려 천천히 흔들었다.

"다음에 또 보자."

아빠가 내 어깨를 가볍게 두드렸다.

딸의 마음속에 가족을 방치한 무책임한 아빠, 돈도 없는 빈털터리 아빠, 매사에 칠칠치 못한 아빠로만 남아 있었던 아빠가 '꾀죄죄한 티셔츠 차림에 얼굴은 햇볕에 타고 눈꼬리가 처진 그 남자만 유독 반짝반짝 빛나는' 아빠로 변신한 것이죠.

그래서 비록 많은 시간을 함께하지는 못해도 늘 듬직한 기둥으로 자리하게 된 '그 자리에 서서 언제까지고 바보처럼 손을 흔드는 그 남자'의 모습이야말로 현대의 아빠들이 지향해야 할 하나의 아버지상이 아닐까 하는 생각이 듭니다.

아이의 삶에 지침이 될 가치관을 일깨워주는 것, 자신의 삶을 스스로 책임지는 자율성을 심어주는 것, 자신의 삶을 과감하게 헤쳐 나가는 담력을 키워주는 것, 이런 삶의 값진 에너지는 긴 시간을 함께한다고 저절로 일궈지는 것은 아니니까요.

납치여행

초판 1쇄 2005년 6월 7일
초판 13쇄 2012년 2월 25일

지은이 | 가쿠다 미쓰요
옮긴이 | 김난주
펴낸이 | 송영석

펴낸곳 | (株) 해냄출판사
등록번호 | 제10-229호
등록일자 | 1988년 5월 11일

서울시 마포구 서교동 368-4 해냄빌딩 5·6층
대표전화 | 326-1600 **팩스** | 326-1624
홈페이지 | www.hainaim.com

ISBN 978-89-7337-662-9

값 12,000원

파본은 본사나 구입하신 서점에서 교환하여 드립니다.